CONFIANCE AVEUGLE

CONFIANCE AVEUGLE 1

N.R. WALKER

MENTIONS LÉGALES

Blind Faith © 2013 N.R. Walker
Artiste pour la couverture : N.R. Walker
Première édition : Janvier 2013
Seconde édition : Février 2013
Couverture mise à jour en 2021

Smashwords Edition 2021

Traduit de l'anglais par Bénédicte Girault
Relecture et corrections par Plume

Votre achat non remboursable de cet e-book vous permet une seule copie légale pour votre lecture personnelle sur votre ordinateur privé ou un appareil. Vous ne pouvez pas revendre ou distribuer les droits sans l'autorisation écrite préalable du titulaire des droits d'auteur de ce livre.

Ce livre ne peut pas être copié dans n'importe quel format, vendu ou transféré de quelque manière que ce soit, à partir de votre ordinateur par le biais d'un téléchargement vers un système de partage de fichiers peer to peer, gratuitement ou pour un montant, ni gagné en tant que prix à un concours . Une telle action est illégale et en violation des droits d'auteur. La distribution de ce e-book, en tout ou en partie, en ligne, hors ligne, sous forme imprimée ou sous toute autre méthode actuellement connue ou encore à inventer, est interdite. Si vous ne voulez plus de ce livre, vous devez le supprimer de votre ordinateur.

AVERTISSEMENT : La reproduction ou la distribution non autorisée de cette œuvre protégée est illégale. Une violation du copyright entraîne des pénalités, y compris pour une violation sans gain pécuniaire, ainsi qu'une enquête du FBI et est passible de 5 ans dans une prison fédérale et d'une amende de 250 000 $.

DÉDICACE

Pour Jules...

N.R. WALKER

CHAPITRE UN

J'AI TOUJOURS PENSÉ que la voiture d'une personne était le reflet de son propriétaire et j'ouvris la portière passager de la Ford Taurus, datant de la fin des années quatre-vingt, en souriant intérieurement. Comme son propriétaire, le Docteur Fields, elle était de couleur grise et dans un état impeccable. Pas une égratignure, pas un trou, rien qui ne soit pas à sa place. Polie, bien rangée et propre. Axée sur la famille, la sécurité avant tout. Tout comme son propriétaire.

Et même si elle roulait toujours bien, même si elle était encore fiable, elle commençait à avoir des kilomètres au compteur. Tout comme son propriétaire.

Ma voiture était-elle le reflet de moi-même ? Autant j'aurais aimé que ce soit le contraire... mais ouais, elle l'était. Un solide 4x4 Jeep avec quelques bosses et des éraflures. Pas trop vieux et certainement pas aussi bien entretenu qu'un modèle pour magasin d'exposition. Plus robuste, bien usé, parfois amusant, toujours pratique. C'est moi. Pratique pour mon travail en tant que vétérinaire, pratique pour mes jours de congé, transporter mon chien sur la banquette arrière et nous éloigner de la ville. Rien à propos de ma voiture n'indiquait « homme gay » mais rien en moi ne le faisait non plus.

À moins que vous ne comptiez le petit autocollant en forme d'étoile sur le pare-chocs arrière.

Mon meilleur ami Mark était resté coincé là-bas avant que je quitte Hartford, Connecticut pour commencer mon nouvel emploi à Boston. Il savait que j'allais me consacrer à mon travail comme je le faisais toujours, limitant ainsi toute chance que j'avais de rencontrer quelqu'un de nouveau. Il m'avait dit que d'avoir une étoile collée à mon pare-chocs arrière pourrait augmenter mes chances d'avoir un gars tatoué près de moi. Il avait dit que l'étoile était plus discrète que l'autocollant « je suis gay, tu veux baiser ? » qu'il était prêt à mettre sur ma voiture. Il pensait que c'était très drôle. Mark avait toujours pensé qu'il était hilarant.

— Qu'est-ce qui vous fait sourire ? demanda le Docteur Fields.

Je regardai le vieil homme derrière le volant.

— Oh, rien, dis-je distraitement.

Mais je le regardai et souris.

Il me rendit mon sourire.

— Vous êtes bien installé ? demanda-t-il. Vous êtes heureux d'être ici ?

— Oui, répondis-je honnêtement. Beaucoup. Je veux dire, cela ne fait qu'une semaine, mais j'aime beaucoup ce que j'ai déjà vu.

Et c'était vrai. Mon nouveau travail à East Weymouth Animal Hospital me convenait tout à fait.

Il sourit à nouveau, apparemment satisfait de sa décision de m'embaucher.

Il se concentra sur sa conduite pendant un moment.

— Avez-vous fait des visites à domicile à Hartford ?

Je me mis à rire.

— Euh... non. Je croyais que les visites à domicile étaient quelque chose que les médecins et les vétérinaires faisaient dans les petites villes de campagne pour de grands animaux.

Ou dans des émissions télévisées, pensai-je, mais gardai ça pour moi-même.

Cette fois, ce fut au Docteur Fields de rire.

— Eh bien, il n'y a pas beaucoup de rendez-vous pour des visites à domicile notés dans mon agenda ces derniers temps. Juste pour quelques familles qui viennent à mon cabinet depuis des années.

Et c'était là où nous allions justement. La clinique vétérinaire était située dans une partie agréable de la ville et toutes les visites à domicile se faisaient dans le proche voisinage. Notre premier rendez-vous était avec Madame Yeo et son vieux chat âgé de dix-sept ans, Monsieur Whiskers. Lorsque nous arrivâmes, je ne fus pas surpris de voir pourquoi Madame Yeo préférait les visites à domicile. Elle devait avoir près d'une centaine d'années, faisait à peine plus d'un mètre trente avec des cheveux gris et une peau aussi ridée qu'un vieux parchemin.

— Ne laissez pas son apparence vous tromper, m'avait prévenu le Docteur Fields dans la voiture. Elle a la langue aussi acérée qu'une lame.

Et elle l'était, mais le pauvre Monsieur Whiskers n'allait pas très bien. Il était lent et ne répondait pas beaucoup aux stimuli alors que le Docteur Fields l'examinait gentiment. Il lui donna quelques médicaments pour l'arthrite, mais même Madame Yeo fit un triste hochement de tête, indiquant qu'elle savait que les jours du pauvre chat tigré étaient comptés.

Nous voulions qu'elle reste pendant l'examen du chat,

mais contre notre avis, Madame Yeo s'était éloignée. Le Docteur Fields lui avait tapoté le bras pour la rassurer, en lui disant que si elle avait besoin de quoi que ce soit, qu'elle lui passe un coup de fil. Alors que nous revenions vers sa voiture, le Docteur Fields soupira.

— Je ne pense pas que le pauvre Monsieur Whiskers va passer la fin de l'été, dit-il tristement. Et je ne sais pas comment Madame Yeo va se débrouiller sans lui. Elle a pris ce chat pour lui tenir compagnie après le décès de son mari...

Les paroles du vieil homme s'estompèrent. Il n'avait pas besoin d'en dire plus. J'avais compris.

C'était évident de voir qu'il aimait son travail. Je ne travaillais avec lui que depuis une semaine, mais il connaissait chaque patient et son propriétaire par leurs noms et prenait le temps nécessaire avec chacun d'entre eux. Il connaissait leurs histoires personnelles. Il avait une éthique très vieille école et je me demandais comment il allait pouvoir supporter de prendre sa retraite.

Je pensais qu'il allait leur manquer autant que la clinique et, d'après ma première semaine de travail, une chose était très claire : cela allait être difficile de prendre sa relève.

Nous roulâmes en silence pendant un petit moment et je regardai le passage lent des maisons par la fenêtre du côté passager. La clinique vétérinaire était située à Weymouth, au sud de Boston, qui était déjà dans un quartier agréable, mais les maisons devant lesquelles nous passions l'étaient encore plus avec des jardins et des pelouses bien entretenues.

Voulant soutenir la conversation entre nous, j'interrogeai le vieil homme.

— Prochain arrêt, les Brannigan ?

Le Docteur Fields hocha la tête.

— Isaac Brannigan… dit-il doucement en secouant sa tête. Triste histoire, mais pas vraiment à moi de la raconter. Hannah devrait être là. Elle est son aide-soignante officielle, dit-il d'un air plutôt énigmatique.

Je me demandais ce qu'il entendait par là alors que nous nous garions sur un parking circulaire devant un patio. La grande maison de plain-pied reposait fièrement au milieu de jardins bien entretenus. Cela sentait l'argent.

Le Docteur Fields allait se diriger vers la porte d'entrée, mais avant qu'il sorte de la voiture, il m'adressa un avertissement.

— Isaac a quelques problèmes d'adaptation avec son nouveau chien, Brady. Il est un peu…

Il chercha le mot juste.

— … *insistant*, mais je suppose qu'il a ses raisons.

Avant que je ne puisse demander s'il faisait allusion au chien ou à son propriétaire, le vieil homme sortit de la voiture. Je le suivis, attrapant la trousse sur la banquette arrière et l'accompagnai jusqu'à la porte d'entrée.

Une femme ouvrit la porte et sourit chaleureusement dès qu'elle vit le Docteur Fields, puis fit un pas sur le côté pour nous laisser entrer. Elle avait l'air d'avoir une trentaine d'années – jusque quelques années de plus que moi – et avait des cheveux bruns bouclés, une peau pâle et une sorte de grand sourire.

— Hannah, nous présenta le Docteur Fields, voici le Docteur Carter Reece. Carter, voici Hannah Brannigan.

Je lui tendis une main qu'elle serra.

— Enchanté de vous connaître.

Elle souriait toujours.

— Est-ce que Max vous emmène faire sa tournée ?

Elle l'appelait par son prénom, alors j'en déduisis assez

vite qu'elle le connaissait bien. Avant que je ne puisse répondre, le Docteur Fields le fit pour moi.

— Le Docteur Carter va prendre ma place à la clinique.

— Oh ! dit-elle doucement en me regardant ainsi que le vieux vétérinaire. Vous prenez votre retraite ? demanda-t-elle.

Le Docteur Fields hocha la tête.

— Isaac n'en a jamais parlé...

— Il ne le sait pas, dit tranquillement le Docteur Fields. Je voulais lui annoncer aujourd'hui.

Juste à ce moment-là, un homme, pas plus vieux que moi entra dans le hall d'entrée. Il était habillé comme s'il venait juste de mettre pied à terre après un tour en yacht. Il portait un bermuda, un polo blanc, des chaussures bateaux onéreuses en cuir et de petites lunettes de soleil de marque qui devaient coûter plus cher que ce que je gagnais en un mois. Il correspondait à mon mètre soixante-dix-huit et avait de courts cheveux bruns hérissés et la peau pâle. Il était magnifique.

Il sourit.

— Me dire quoi ?

Ce gars était Isaac Brannigan ? Je ne savais pas pourquoi je m'attendais à un homme âgé, mais c'était le cas. Le Docteur Fields avait dit qu'Isaac avait une aide-soignante, Hannah avais-je supposé – avec le même nom de famille – était la femme affectée à ces fonctions. Peut-être était-elle sa femme d'ailleurs.

— Je vais chercher Brady, dit-elle, juste comme Isaac s'éloignait du hall. Je l'ai laissé sortir pour faire ses besoins avant que vous arriviez.

Le Docteur Fields lui sourit puis se tourna vers Isaac. Le jeune homme semblait regarder dans ma direction, mais pas moi directement.

— Et nous avons de la compagnie ?

— Ah, oui, répondit le vétérinaire. Isaac Brannigan, voici le Docteur Carter Reece. Il est vétérinaire aussi.

— Bonjour, dis-je. Enchanté de vous connaître.

— Et pourquoi est-il ici ? demanda Isaac, assez rudement.

Je fus un peu choqué par sa flagrante impolitesse envers moi.

— Allons nous asseoir dans le salon, offrit le vieil homme. J'ai des nouvelles.

Isaac se retourna et se dirigea vers le salon, s'avançant vers les canapés. Il toucha légèrement le dossier, puis le bras avant de s'asseoir. Le Docteur Fields le suivit, alors que je me tenais encore dans le hall d'entrée, un peu dérouté.

Le Docteur Fields avait dit que ce gars était *insistant*. Je trouvais juste qu'il était foutrement rude. Mais je les suivis quand même et m'assis sur le canapé, en face d'Isaac pendant que le Docteur Fields s'asseyait près de lui. Et il fit alors une chose étrange. Il posa sa main sur le genou du jeune homme.

— J'ai amené Carter avec moi aujourd'hui afin qu'il rencontre tous mes clients qui demandent des visites à domicile, expliqua-t-il, parce qu'il est mon remplaçant. Je prends ma retraite, Isaac.

Isaac resta assis là. Aucune réaction, le visage impassible. Il ne retira même pas ses lunettes de soleil.

— Quand ?

— Dans deux semaines, répondit le Docteur Fields.

Puis Hannah sortit de la cuisine et se dirigea vers l'endroit où nous étions assis, avec ce que je présumais être Brady, un labrador couleur sable, peut-être âgé de deux ou trois ans, avec des yeux brillants et une expression heureuse. Il trotta en entrant et s'assit aux pieds d'Isaac, comme s'il faisait partie de cette conversation entre humains.

Isaac ignora le chien, ce qui me parut étrange. Pas même une caresse rapide sur la tête, ni une petite tape affectueuse, rien. Au lieu de cela, il prit la parole.

— Je vais avoir besoin d'un peu de poudre de calcium. Celle que vous me donnez d'habitude pour la mélanger à la nourriture de Brady.

Le Docteur Fields hocha la tête.

— Je pensais en avoir apporté la dernière fois.

— Je l'ai jetée, répondit tranquillement Isaac.

Quelque chose ne collait pas. La manière dont Isaac ne regardait pas le Docteur Fields quand ils parlaient. Les lunettes. Je jetai un coup d'œil dans la pièce jusqu'à ce que je trouve ce que je cherchais. Des photos sur la cheminée à l'autre bout de la pièce. Et c'était là. Des photos de lui avec un autre chien. Et pas n'importe quel type de chien, mais un chien guide.

Isaac Brannigan était aveugle.

— Je ne suis pas sûr, Max... dit-il. Vous êtes notre vétérinaire depuis si longtemps...

Le Docteur Fields me regarda et sourit, un peu pour s'excuser.

— Le Docteur Reece est très bon. J'ai fait une sélection triée sur le volet pour trouver mon remplaçant parmi un grand nombre de candidats. Et il est le meilleur. Il a même déménagé d'Hartford à Boston pour prendre le poste.

— Je peux comprendre vos réserves, intervins-je rapidement.

C'est alors qu'Isaac tourna son visage vers moi. Je voulais lui prouver qu'il pouvait me faire confiance, mais je pensais que si je si je devais faire en sorte qu'Isaac ou Brady m'apprécie, alors j'aurais plus de chances en commençant par le chien.

— Vous faites confiance au Docteur Fields et vous ne me connaissez ni d'Ève ni d'Adam, mais Isaac, si cela ne vous dérange pas, j'aimerais passer quelques minutes avec Brady.

Isaac marmonna quelque chose qui ressembla à « bien sûr, peu importe », puis se leva et se dirigea vers la cuisine ouverte. Brady se redressa en regardant Isaac, mais ne le suivit pas.

J'appelai doucement le chien et il obéit docilement à mon ordre. M'asseyant devant le canapé, je tapotai ma cuisse.

— Viens.

Le chien fit ce que je demandais et lorsqu'il s'assit entre mes genoux et me regarda de ses grands yeux bruns, il semblait sourire. Cela me fit sourire également et je relevai les yeux vers le Docteur Fields, mais il regardait Isaac.

L'homme se dirigea vers le bord du comptoir de la cuisine et se retourna avec une aisance familière. Il fit glisser ses doigts le long du comptoir et s'arrêta.

— Puis-je vous proposer un verre ? Du thé glacé ?

Il n'attendit pas vraiment de réponse et se dirigea vers un placard en particulier, prit des verres, puis alla vers le réfrigérateur et en sortit un pichet de thé glacé.

De toute évidence, il était habitué à évoluer dans sa propre cuisine et faisait tout comme s'il voyait. Je me retrouvai à l'observer et ce fut lorsqu'Hannah parla du canapé à côté de moi que je me souvins de la raison de notre visite.

— Brady a assimilé que vous avez tout compris, dit-elle avec un sourire.

Je baissai les yeux vers le chien pour le trouver avec son

menton posé sur mes genoux, les yeux fermés, profitant de ma caresse distraite derrière son oreille. Je regardai Hannah et souris.

— Oui, il semble avoir trouvé un ami.

Un bruit assez fort en provenance de la cuisine nous fit tourner la tête. Isaac avait laissé tomber une cuillère et, d'après l'expression mécontente sur son visage, je me demandais s'il ne l'avait pas fait délibérément. Il n'avait pas l'air ravi.

Je jetai un coup d'œil à Hannah et elle releva les yeux avec un sourire.

— Donc, Carter, c'est bien ça ?

— Oui, répondis-je, reconnaissant pour la distraction. Carter Reece.

— Et vous venez d'emménager ici ? me pressa-t-elle. C'est bien ce que Max a dit ?

Je hochai la tête, caressant toujours Brady.

— D'Hartford, mais maintenant Boston est mon chez-moi. J'ai emménagé à Weymouth, c'est agréable et proche de mon travail.

Isaac apporta un plateau de verres à moitié remplis de thé glacé et le posa lentement sur la table basse. Je fus étonné de la facilité avec laquelle il faisait paraître cela, alors que je pouvais à peine imaginer à quel point ce devait être difficile.

— Donc, Carter, reprit Hannah, en me souriant lorsque je détournai enfin les yeux de son frère, comment va le patient ? demanda-t-elle, regardant le chien allongé entre mes jambes.

Je l'examinai, étudiant sa colonne vertébrale, ses hanches, ses côtes, ses pattes, ses coussinets, ses dents, bien que je n'en ai pas vraiment besoin. Il était l'image même de la bonne santé. Mais avant que je puisse le dire, le Docteur

Fields répondit :

— Brady a quoi ? Presque trois ans maintenant ?

C'était un peu bizarre. Il ne donnait pas une sorte de diagnostic. Il dirigeait la conversation. Je le regardai d'un air interrogateur, mais il m'adressa un rapide, mais subtil hochement de tête et je sus que je ne devais pas lui poser de questions. Mais je devais dire quelque chose. Si je voulais qu'Isaac me fasse confiance d'un point de vue professionnel pour l'avenir, je devais demander quelque chose.

— Isaac, comment va son appétit ? demandai-je alors.

Ce n'était pas une question invasive, plutôt une demande d'ordre général.

Isaac, qui était maintenant assis à côté du Docteur Fields sembla surpris par ma question.

— Il mangerait jusqu'à se faire éclater la panse si on le laissait faire.

Je me mis à rire. La plupart des labradors, même ceux bien entraînés pour servir de guides, pourraient manger jusqu'à exploser si vous les laissiez faire, mais je ne le dis pas à haute voix.

— Et combien de jours par semaine en moyenne travaille-t-il ?

Je n'étais pas un expert en chiens guides, mais je m'y connaissais un peu. Je savais que lorsqu'ils étaient reliés avec la moitié humaine de l'équipe, c'était appelé du travail.

Isaac était immobile, inexpressif, sans bouger et je me demandai si j'avais posé une mauvaise question.

— Ça dépend, finit-il par répondre. Quelques fois cinq, parfois sept jours pas semaine.

Il ouvrit la bouche pour ajouter quelque chose d'autre, mais apparemment, changea d'idée. Il inclina la tête dans ma direction.

— Pourquoi ?

— Afin de connaître le patient, répondis-je, espérant qu'il entendrait la pointe de nonchalance dans ma voix. C'est tout. Je suis sûr que le Docteur Fields me renseignera sur les détails si nécessaire.

Le Docteur Fields, mon patron pour encore les deux prochaines semaines, se mêla à la conversation.

— Docteur Reece, pourriez-vous aller à la voiture et amener le sac de croquettes pour chien ? Il y a un sac de trois kilos dans le coffre. J'ai oublié de le prendre avec moi.

Je compris ce qu'il disait à mots couverts : il voulait un peu de temps seul avec Isaac.

— Bien sûr !

Et dès que je me levai, Hannah me rejoignit.

— Je vous accompagne.

Comme nous sortions sous le chaud soleil d'été, elle soupira.

— Isaac peut être tellement difficile par moments, dit-elle doucement. Donc, ne le prenez pas à titre personnel. Max et lui se connaissent depuis de nombreuses années.

J'ouvris le coffre, pris le sac de nourriture pour chien et refermai le haillon du break. Je la regardai et souris.

— Je peux comprendre ça.

Elle me rendit mon sourire.

— Vous pouvez comprendre quoi ? Qu'Isaac puisse être difficile ou qu'il soit un ami proche de Max ?

Je choisis sagement de ne pas répondre, ce qui était en soi une réponse. Hannah sourit et hocha la tête.

— Il vous suffit de ne pas laisser cela trop vous gêner. Il aime Brady, vraiment. C'est juste que certains jours sont meilleurs que d'autres...

Avant que je puisse lui demander ce qu'elle voulait dire par là, elle vit le sac entre mes bras et elle s'illumina.

— Venez, je vais vous montrer où vous pouvez ranger ceci.

Nous entrâmes dans la maison, passâmes devant le salon où Isaac et le Docteur Fields parlaient encore, avant d'aller dans la cuisine. Je posai le sac de nourriture pour Brady sur le comptoir et à peine une seconde plus tard, les deux hommes dans le salon se levèrent, leur conversation touchant à sa fin.

Alors que nous disions au revoir, le Docteur Fields prit la main d'Isaac, la tapotant de la façon dont un grand-père le ferait à son petit-fils.

— Ce n'est pas un adieu. J'appellerai et viendrai voir comment vous allez de temps en temps.

Isaac ironisa.

— Si vous arrivez à vous éloigner du terrain de golf !

Le Docteur Fields se mit à rire.

— Eh bien, il y a de ça.

Puis il redevint sérieux et tapota de nouveau la main du jeune homme.

— Vous pouvez vous attendre au même genre de services de la part du Docteur Reece, Isaac. Il va bien s'oc-cuper de vous.

Isaac hocha la tête, mais ne dit rien. Lorsque nous reprîmes la route, en chemin vers la clinique, le Docteur Fields soupira.

— Isaac ne supporte pas très bien le changement, expli-qua-t-il. Il ne l'a jamais fait.

Je réfléchis à ça et à ce que ces changements pouvaient signifier pour un homme aveugle. Il avait l'habitude du Docteur Fields et avait confiance en lui. Pas seulement pour soigner son chien guide, mais également en son jugement et, bien plus important encore, suffisamment pour le laisser entrer dans sa maison, son refuge. Tout type de changement significatif devait représenter une véritable épreuve.

Je jetai un coup d'œil au vieux vétérinaire et acquiesçai d'un hochement de tête.

— Je peux comprendre pourquoi.

J'avais des questions à propos d'Isaac Brannigan, mais pensai que le vieil homme avait surtout dit au revoir à son vieil ami, donc je décidai que cela pouvait attendre un autre jour. Nous fîmes le reste du trajet de retour jusqu'à la clinique en silence et enchaînâmes directement avec d'autres rendez-vous. Ce ne fut que bien plus tard dans la soirée que je réalisai que les questions que j'avais ne pouvaient plus attendre.

J'avais fini mes rendez-vous pour la journée et m'occupais de la paperasse lorsque j'ouvris le dossier Brannigan. Puis je frappai légèrement à la porte du bureau du Docteur Fields. Lorsqu'il releva les yeux et vis l'épais dossier que je tenais, il sut de qui je voulais parler.

— Y a-t-il une raison pour laquelle nous effectuons tous les tests possibles et imaginables sur un chien en bonne santé ? demandai-je. Au juste, qu'essayons-nous de trouver qui ne va pas chez lui ?

Le Docteur Fields posa son crayon et ferma le dossier devant lui. Il retira ses lunettes de lecture et pinça l'arête de son nez entre son pouce et son index avant de soupirer bruyamment.

— Entrez et asseyez-vous, Carter, dit-il, résigné. Laissezmoi vous en apprendre un peu plus sur Isaac Brannigan.

CHAPITRE DEUX

— LA PREMIÈRE FOIS que j'ai rencontré Isaac, il avait dix ans. C'était juste un petit garçon qui apprenait à être aveugle et à vivre avec son premier chien guide. Cody, si mes souvenirs sont bons. C'était il y a un certain temps maintenant... ma mémoire n'est plus aussi bonne qu'autrefois, ajouta le Docteur Fields en secouant la tête.

Je fronçai les sourcils.

— À *être* aveugle ?

Le vieil homme hocha la tête.

— Il a eu un accident de voiture lorsqu'il avait huit ans. Sa mère est morte dans l'épave. Il était assis sur le siège passager et a pris de plein fouet l'éclatement du couvercle de l'airbag.

Mon estomac se retourna.

— Oh, Seigneur !

Le Docteur Fields hocha de nouveau la tête.

— Cela l'a frappé en plein visage, apparemment. Décollement de la rétine ou quelque chose comme ça. Il était dans le coma et a passé un long moment à l'hôpital d'après ce qu'on m'a dit. Il a de la chance d'être toujours en vie, en tout cas.

Seigneur Dieu !

Le Docteur Fields prit une profonde inspiration et expira bruyamment.

— Ils peuvent guérir ça maintenant, vous savez, dit-il avec un hochement de tête. Le décollement de la rétine... S'ils opèrent très rapidement. Mais il avait des fractures également.

Il passa une main sur son visage.

— Dans tout le corps et il est resté inconscient pendant un long moment.

Il soupira à nouveau.

— C'était juste un enfant.

Il n'avait certainement pas à m'expliquer à quel point la médecine et les technologies avaient progressé au cours de ces vingt dernières années. Je savais qu'il en était de même pour tout ce qui concernait la science vétérinaire et que les différentes pratiques et opportunités d'aujourd'hui étaient bien différentes de celles d'il y a vingt ans en arrière.

— Alors, continua le vieil homme, comme si ce n'était pas déjà assez triste, il a dû faire face à la perte de sa mère ainsi qu'à la perte de sa vue et quelques années plus tard, Cody, son chien guide est tombé malade et est décédé. Je crois qu'Isaac devait avoir quatorze ans.

Il secoua la tête.

— Le pauvre gamin était dévasté.

— Seigneur, fut tout ce que je pus dire.

Le Docteur Fields hocha la tête.

— Puis Isaac a eu un nouveau chien guide : Rosie.

Le vieil homme sourit.

— C'était une chienne magnifique. Un labrador noir, intelligent, aussi fort qu'un bœuf. Isaac adorait cet animal.

Il l'aimait vraiment. Ils étaient inséparables. Je pense que de bien des manières, cette chienne a aplani bien des blessures dans sa vie.

Il secoua la tête et soupira, son sourire mourant sur ses lèvres.

— Mais le père d'Isaac n'avait pas du tout réussi à faire face à la perte de sa femme, ou à la responsabilité d'avoir un fils aveugle, voire peut-être même les deux. Il se saoulait tous les jours. Cela a été un long et lent processus, mais il est mort lorsqu'Isaac avait tout juste dix-huit ans.

Il soupira de nouveau.

— C'est Hannah qui s'est occupée d'Isaac pendant toutes ces années. Elle le fait encore.

Cette fois-ci, ce fut moi qui soupirai. Il ne fallait pas être un génie pour comprendre ce qui s'était passé.

— Et Rosie ?

Le Docteur Fields poussa un long soupir.

— Rosie a été déclarée inapte à continuer son travail de chien guide par la commission, peu de temps avant sa mort. Elle était vieille, pas très rapide, mais quand son audition a commencé à baisser, cela représentait un risque pour eux deux.

Il secoua la tête, tandis qu'il se souvenait.

— Isaac a insisté pour qu'elle reste avec eux, peu importe son état. C'était environ deux ans avant sa mort, mais il a quand même refusé d'envisager de prendre un nouveau chien guide jusqu'à ce qu'elle ait disparu. C'était il y a environ deux ans.

— Oh, mon Dieu ! Quelle horreur !

— Oui, acquiesça le Docteur Fields avec un hochement de tête. Et maintenant, il a Brady. Depuis un peu plus de six mois.

— C'est un beau chien.

— Un très bel animal, ajouta le vieux vétérinaire. Mais ce n'est pas Rosie. Du moins, pour Isaac.

— Est-ce pour ça qu'il fait tout ça ? demandai-je. Pour essayer de *trouver* quelque chose qui ne va pas avec lui ?

Pourquoi ferait-il ça ? Pourquoi un vétérinaire le permettait-il ?

— Pourquoi le laissez-vous faire ? demandai-je, ne me souciant pas vraiment d'à quel point cela pouvait paraître brutal. Pourquoi lui permettre de faire supporter tout ça au chien ?

Il soupira.

— Brady est le chien le plus en bonne santé qu'il m'ait été donné de voir. Ces tests ne sont pas invasifs et je lui ai essentiellement fait une quinzaine de bilans de santé. Je ne ferais jamais rien qui pourrait délibérément blesser Brady.

Je savais que cet homme jouissait d'une réputation exceptionnelle et qu'il ne nuirait jamais délibérément à un animal. Il avait raison : Brady était dans une parfaite condition.

— Qu'est-ce qu'Isaac espère trouver ?

Le Docteur Fields haussa les épaules et soupira.

— Je pense qu'il cherche une excuse, une raison qui indiquerait pourquoi il n'aurait pas droit à un nouveau chien guide.

— Ce n'est pas obligatoire d'en avoir un, dis-je. Isaac a dû accepter d'en prendre un. Alors s'il ne voulait pas d'un nouveau chien, pourquoi passer par le long processus de sélection ?

Le Docteur Fields sourit.

— Oh, il veut Brady ! De tout son cœur, il veut un chien. Mais je pense qu'il le tient à distance parce qu'il est terrifié à l'idée d'avoir à nouveau le cœur brisé.

Le vieil homme sourit tristement.

— Je suppose qu'il doit croire que s'il ne s'inquiète pas pour lui, il ne sera pas blessé.

Je m'effondrai dans mon fauteuil. Mon estomac faisait un nœud, ma voix était calme.

— C'est très triste.

— Ça l'est, dit-il en hochant la tête. J'ai juste pensé que si je faisais ce qu'il demandait assez longtemps, tout en lui donnant du temps, il se rendrait compte que le problème ne venait pas de Brady.

Non, le problème ne venait pas du chien. Il venait de l'humain. Comme presque à chaque fois.

Je soupirai à nouveau.

— Je vais donc le revoir d'ici une quinzaine de jours ?

Le Docteur Fields hocha la tête.

— Oh, c'est vrai, s'écria-t-il. Il voulait une autre boîte de Calcitrax. Il a dit qu'il avait jeté la dernière. Voulez-vous lui apporter demain ? Afin de voir comment il agit avec vous lorsque je ne suis pas là.

— D'accord, acceptai-je. C'est probablement une bonne idée. Il avait l'air peu satisfait de ma présence.

Le Docteur se mit à rire.

— Oh, c'est simplement parce qu'il ne vous connaît pas encore. Il va devenir plus chaleureux avec le temps, vous verrez.

J'AVAIS d'abord téléphoné et dis à Hannah que je pourrais déposer la poudre de calcium pour Brady lors de mon trajet de retour, après mon travail. Elle avait dit que cela lui convenait parfaitement car Isaac travaillait tard le jeudi. Ce ne fut que lorsqu'elle raccrocha que ses paroles atteignirent mon cerveau : Isaac travaillait. Je ne sais pas pourquoi cela me surprenait. C'était pourtant le cas.

En fait, plus je réfléchissais à propos d'Isaac, plus j'étais intrigué. Comme je me garais devant la maison dans la soirée, je me demandais à quelle sorte de réception j'allais avoir droit. Prenant une profonde inspiration, j'attrapai la petite boîte de Calcitrax pour Brady et avançai jusqu'à la porte d'entrée. Avant même que je puisse frapper, Hannah ouvrit la porte et sourit.

— Bonsoir, Carter. Entrez, s'il vous plaît.

Je traversai le hall, puis allai dans le grand salon où nous étions assis la veille et me dirigeai vers la cuisine. Je montrai la poudre de calcium à Hannah avant de la poser sur le comptoir.

— Comme demandé.

— Oh, merci, répondit-elle avec son sourire habituel. Nous venons juste de rentrer à la maison. Le trafic était infernal ce soir.

Juste au moment où j'étais sur le point de demander où étaient Brady et Isaac, j'entendis le cliquetis familier de pattes sur le carrelage, puis la fermeture d'une porte. Ils devaient venir de la cour arrière. Je lui rendis son sourire.

Puis, Isaac entra.

Vêtu d'un costume trois-pièces gris et d'une chemise blanche dont le bouton du haut était défait. Il portait les mêmes lunettes de soleil que la première fois que je l'avais rencontré. Je restai bouche bée. Seigneur ! Il était déjà beau dans des vêtements décontractés, mais avec un costume ? Et un costume bien ajusté en plus ? Il semblait sortir tout droit d'un catalogue de vêtements pour hommes. Il avait l'air... magnifique.

— Est-ce vous, Docteur Reece ? demanda-t-il.

Je n'avais toujours pas refermé ma bouche et lorsqu'-

Hannah me regarda, je vis qu'elle savait. Elle m'avait surpris à le regarder, le lorgner, bavant presque sur son frère.

— Oh ! murmura-t-elle, mais elle se reprit rapidement. Oui, il a apporté une boîte de Calcitrax.

Elle sourit.

— Oui, dis-je, me raclant la gorge, regardant Isaac. J'espère que cela ne vous dérange pas que j'aie appelé aussi tard.

— Non, répondit Isaac. J'ai entendu le bruit peu familier d'une voiture et j'ai présumé que c'était vous. Quelle sorte de voiture est-ce ? demanda-t-il.

— Oh, dis-je, secouant la tête, essayant de remettre mes pensées en ordre. C'est une Jeep, traction intégrale.

Isaac était sur le point de poser une autre question, mais Hannah l'interrompit.

— Pourquoi n'allez-vous pas vous asseoir tous les deux ? Je vais vous apporter quelque chose à boire.

Puis elle posa une main sur chacun d'entre nous et nous poussa en direction du salon. Elle souriait toujours.

— Allez-y, nous pressa-t-elle. J'apporte tout ce qu'il faut.

Isaac marmonna quelques obscénités à sa sœur, mais il se dirigea vers le canapé et s'assit. Je le suivis, m'asseyant juste en face de lui et il ne perdit pas de temps avant de me poser des questions.

— Quel âge avez-vous ?

— Vingt-sept ans.

— Université ?

— UConn, répondis-je. Université du Connecticut, clarifiai-je.

Il hocha la tête.

— Sport favori ?

— Hockey sur glace.

— À regarder ou à jouer ?

— Regarder. Je n'étais pas assez rapide pour jouer, dis-je en souriant.

Cet interrogatoire était assez amusant. Au moins, il me parlait.

— Mais vous savez patiner ?

— Oui.

— De quelle couleur sont vos cheveux ?

— Noirs.

— Vos yeux ?

— Bruns.

— Couleur de peau ?

— Quoi ?

Isaac inclina la tête.

— Votre patrimoine génétique ? Êtes-vous noir, blanc, asiatique, européen ?

Il se pinça les lèvres avec impatience, me laissant à peine le temps de répondre.

— C'est une question qui est juste. Vous savez de quoi j'ai l'air et j'aimerais savoir à quoi vous ressemblez.

— Est-ce important ? demandai-je.

Il se mit à rire, mais ce n'était pas un rire heureux.

— Pourquoi diable cela serait-il important de savoir à quoi vous ressemblez ? Pourquoi m'en soucierais-je ? Je peux en fait *voir* la différence entre des gens noirs ou blancs, vous savez. Cela ne fait aucune différence pour moi.

Il prit une profonde inspiration et recommença.

— J'essaie juste de dresser une image mentale de ce à quoi vous ressemblez.

— Je suis blanc, de type caucasien...

Je ne savais pas trop comment expliquer. Je n'avais jamais eu à le faire.

— Je passe autant de temps que je peux dehors, donc je suis légèrement bronzé.

— Que faites-vous « dehors » ?

— Du camping, de la randonnée, répondis-je. Enfin, j'avais l'habitude de faire de la randonnée à la maison, rectifiai-je. Je n'ai pas encore eu la chance d'en faire par ici. Mais cela viendra.

Isaac hocha la tête, puis, après un moment de silence, il reprit la parole.

— Êtes-vous marié ?

— Non.

— Petite amie ?

J'hésitai.

— Non.

— Vous avez hésité.

Je souris.

— Vraiment ?

— Oui, répondit-il. Cela m'indique soit que vous mentez, soit que c'est un sujet sensible.

— Veuillez excuser mon frère, intervint Hannah, apportant deux verres de thé glacé. Il a autant de tact qu'un boulet de démolition.

Isaac haussa les épaules.

— Je ne vois pas l'intérêt de tourner autour du pot. Je n'ai pas le luxe de voir les expressions de son visage pour mesurer sa sincérité.

Hannah renifla avec ironie.

— Tu n'as pas non plus l'usage des bonnes manières.

Isaac soupira et je ris alors que je regardais Hannah repartir vers la cuisine. Ils agissaient juste comme j'imaginais que des frères et sœurs devaient le faire. Bien sûr, j'étais fasciné par Isaac. Bien sûr, il était beau, magnifique même, mais c'était plus que ça. Il était aveugle, oui, mais il avait confiance en lui, était fier, arrogant même. C'était une barrière qu'il avait dressée autour de lui-même afin de se protéger. Je le savais.

Je ne pus m'empêcher de me demander qui était le véritable Isaac Brannigan.

Ses lèvres se tordirent alors qu'il réfléchissait, mais avant qu'il puisse dire quoi que ce soit, Hannah nous appela depuis la cuisine, nous interrompant.

— Carter, vous restez pour le dîner ?

— Euh... Je ne peux pas, dis-je.

Je me levai et la regardai.

— Je vous remercie pour l'invitation, c'est très gentil. Je dois y aller. J'ai une dame très impatiente qui m'attend à la maison.

— Je croyais que vous aviez dit que vous n'aviez pas de femme ni de petite amie à la maison, dit Isaac depuis le canapé.

Je souris.

— La dame très impatiente dont je parle est un croisé Border Collie appelé Missy. C'est mon chien.

— Vous n'avez jamais dit que vous aviez un chien, répliqua-t-il.

— Vous n'avez pas demandé.

La bouche d'Isaac se referma brusquement et il fit presque la moue. Hannah se mit à rire.

— Quelque chose de drôle, ma chère sœur ? demanda-t-il avec aigreur.

Elle se mit à rire de nouveau.

— Ouais.

Puis elle se tourna face à moi.

— Merci encore d'être venu déposer la poudre.

— Ce n'était pas un problème, répondis-je. J'ai plutôt apprécié ce petit interrogatoire.

— Vous voulez dire l'Inquisition Espagnole ? ajouta-t-elle en s'avançant vers nous.

Je ris de nouveau.

Apparemment heureux d'ignorer nos réparties, Isaac se leva et se tourna vers nous. Il prit une profonde inspiration et redressa les épaules.

— Avez-vous des questions à me poser ?

Seulement un million. Mais soudain, je ne voulais pas les poser. Je ne voulais pas gâcher ce que nous avions accompli ce soir en posant la mauvaise question.

— Juste une.

Il inclina la tête, surpris par ma réponse.

Isaac releva le menton, fièrement. Me défiant.

— Demandez toujours.

— L'ai-je passé ?

Il y eut un petit moment de silence.

— Passé quoi ?

— L'Inquisition Espagnole ? Le petit jeu des vingt questions que vous venez de me poser. L'ai-je réussi ?

Isaac détourna le visage de moi.

— Peut-être.

Je souris et Hannah me poussa du coude en silence.

— Alors, je vous revois la semaine prochaine, dis-je.

Je ne sais pas pourquoi son approbation me paraissait aussi importante, mais je continuai à sourire durant tout le trajet jusque chez moi.

CHAPITRE TROIS

LES DEUX SEMAINES suivantes passèrent rapidement. Le Docteur Fields finissait ses derniers jours de travail et je prenais progressivement sa place, ce qui signifiait beaucoup de choses à conclure et beaucoup à apprendre. Les principes fondamentaux étaient les mêmes, mais c'était une nouvelle équipe, différentes personnalités, différentes règles et différentes routines.

Je travaillais très tard la plupart des soirées et lorsque je rentrais à la maison, j'emmenais Missy faire de longues promenades. Cela me permettait d'en apprendre un peu plus sur mon nouveau quartier, prenant un nouveau chemin chaque soir et cela me laissait aussi le temps de me détendre après le travail.

Mark, mon meilleur ami d'Hartford m'appelait souvent, ou je l'appelais tous les quelques jours pour prendre de ses nouvelles. Il n'y avait pas grand-chose de nouveau qui se passait là-bas, comme d'habitude. Les mêmes gens, mêmes cercles, mêmes conneries. Mais il me manquait.

Mark était bisexuel. Sa devise était qu'il n'était pas difficile, ce qui signifiait en clair qu'il était prêt à baiser tout ce qui bougeait. Et il le faisait en général. Sauf avec moi. Nous nous étions rencontrés lors d'un « Blind date » il y a quelques années, un ami commun d'un ami ayant pensé que nous pourrions nous entendre. Nous avions donc fait connaissance, avions tout de suite sympathisé, mais n'avions pas noué de relations intimes.

Je lui avais dit que je n'étais pas le genre de gars à se satisfaire de coups d'un soir et il avait ri, disant qu'il n'avait jamais eu besoin de se démener pour trouver quelqu'un. Et par se démener, il voulait dire un second ou troisième rendez-vous. J'avais ri devant sa brutale honnêteté et même si nous n'étions pas du tout compatibles pour former un couple, nous avions beaucoup en commun et avions juste trouvé en l'autre un très bon ami.

Quatre ans plus tard, nous étions aussi proches que des amis pouvaient l'être. Sans la partie baise.

— Comment ça va ? demanda Mark, un soir.

Je soupirai au téléphone.

— Tout va bien.

— Pas de regrets ?

Ce n'était pas la première fois qu'il me demandait ça.

— Aucun.

— Des perspectives ? demanda-t-il.

Je pouvais entendre son sourire dans sa voix.

Mon esprit se fixa directement sur Isaac Brannigan, ce qui me surprit.

— Pas vraiment, me couvris-je. Peut-être.

— Hmm, fredonna-t-il.

Je savais que j'avais piqué son intérêt.

— Explique ton « pas vraiment, peut-être ».

Je soupirai à nouveau.

— L'un des réceptionnistes, en attendant de devenir assistant, essaie de flirter au bureau avec moi, admis-je.

— Ooh, répliqua Mark. Est-il mignon ?

— C'est une femme.

Mark se mit à rire.

— Ce qui explique le « pas vraiment ».

Je ricanai.

— Ouais, je suppose que c'est la raison.

— Alors, il n'y a pas un seul gars sexy qui est venu faire connaissance du nouveau vétérinaire ?

J'envisageai de ne rien lui dire, mais je ne lui avais *jamais* rien caché. Je poussai un profond soupir.

— Il y en a un...

— Et ?

— Et quoi ? demandai-je. Il est magnifique. Mais arrogant comme pas deux.

— Alors, invite-le à sortir, répondit lentement Mark, comme si j'étais stupide. Et baise-le jusqu'à ce qu'il perde son arrogance.

Je me mis à rire.

— Tu sais vraiment y faire avec les mots.

Mark rit aussi.

— Alors quel est le problème avec ce magnifique gars arrogant ?

Je haussai les épaules, mais il ne pouvait pas le voir.

— Je n'en sais rien. Je ne sais même pas s'il est gay. Je veux dire, il n'y a aucune trace d'une petite amie. Aucune photo dans sa maison.

— Tu es allé chez lui ?

Je me mis à nouveau à rire.

— Je fais des visites à domicile.

— Tu fais *quoi* ?

Je gloussai.

— Des. Visites. À. Domicile. Tu sais, comme au bon vieux temps.

Cette fois-ci, Mark éclata de rire.

— Seigneur ! Tu n'as pas déménagé pour Boston. Tu es retourné dans les années vingt.

— Ouais, le Docteur Fields est de la vieille école.

— Donc, vas-tu continuer à faire des visites à domicile lorsqu'il sera parti en retraite ? demanda Mark. Combien de temps encore avant son départ de toute façon ?

— Il aura terminé à la fin de la semaine.

Je me penchai dans le canapé, posai les pieds sur la table basse et grattai Missy derrière l'oreille.

— Et je pense que je vais continuer de faire des visites à domicile. Il n'y a que quelques clients qui en ont besoin de toute façon. Isaac est l'un d'eux.

— Isaac ?

— Le magnifique homme arrogant, répondis-je.

Je remarquai également que je ne lui avais pas dit qu'Isaac était aveugle. Je ne savais pas pourquoi je ne l'avais pas fait. Mais c'était le cas.

— Et quand est la prochaine visite ? demanda-t-il sur un ton suggestif.

— À la fin de la semaine, répondis-je.

— Alors, demande-lui de sortir avec toi.

— Ce n'est pas aussi simple.

— Si, ça l'est. C'est exactement aussi simple que ça.

Tout était exactement aussi simple que ça pour Mark. Je soupirai et il savait que, de mon côté, le sujet était clos. Donc, il changea de conversation.

— Eh bien, dis-m'en plus à propos de cette assistante vétérinaire/réceptionniste – peu importe ce qu'elle est. Est-elle mignonne ?

Je grognai.

— Bon sang, comment veux-tu que je sois bon juge en la

matière ? demandai-je en secouant la tête. Elle est attirante, je suppose... Pour une femme.

— Quel âge a-t-elle ?

— Oh, pour l'amour de Dieu, Mark ! m'exclamai-je en riant.

— Quoi ? se défendit-il. Lorsque je viendrai en visite le mois prochain, je veux des options.

Il m'avait aidé à emménager ici et avait prévu de me laisser un mois ou deux pour m'installer avant de revenir pour un week-end.

— Tu ne vas *rien* faire avec qui que ce soit. Je la vois au travail et je ne veux pas avoir à m'excuser pour tes actions chaque jour de la semaine.

Mark soupira d'une manière théâtrale dans le téléphone.

— Blessant.

Je me mis à rire.

— Véridique.

— Est-ce qu'Isaac a une sœur ? Un frère ?

— Waouh ! Stop ! m'écriai-je. Hors de question que tu ailles par là.

Mark éclata de rire. Il me dit qu'il voulait des détails de ma prochaine visite à domicile chez Isaac, que je lui manquais puis raccrocha.

Je restai assis sur le canapé avec Missy pratiquement endormie à côté de moi et je souris à cause de notre conversation. De tout ce que j'avais laissé derrière moi à Hartford, c'était Mark qui me manquait le plus.

MA VISITE suivante chez Isaac ne se déroula pas vraiment comme prévu. Je n'y étais certainement pas allé avec l'intention de lui demander de sortir avec moi, mais c'est exactement ce qui se passa.

C'était un jeudi et comme Isaac travaillait tard ces jours-là, il faisait déjà sombre. Hannah et lui n'étaient rentrés à la maison qu'une dizaine de minutes seulement avant mon arrivée. Isaac était de bonne humeur, il m'a même souri lorsque je suis entré.

Il terminait une conversation téléphonique sur son portable tout en se dirigeant vers une autre pièce pour avoir un peu d'intimité. Je saluai Brady avec une bonne caresse et quand je relevai les yeux, Hannah se tenait devant moi en souriant.

Elle pointa du doigt la pièce où Isaac s'était isolé et murmura :

— Je dois chuchoter, parce qu'il a une très bonne audition, mais je crois qu'il vous aime bien.

Avant même que je ne puisse répondre, ou même enregistrer ses mots dans ma tête, Isaac entra dans le salon.

— Désolé à propos de ça, dit-il, rangeant son téléphone dans sa poche. Juste quelques détails à mettre au point pour un travail pour la semaine prochaine.

J'étais presque heureux qu'il ne puisse pas me voir, parce que je regardais toujours sa sœur, bouche bée.

— Tout va bien ? demanda-t-il.

Hannah se mit à rire et je me repris rapidement.

— Oui, bien sûr. Tout va très bien.

Isaac tourna son visage vers moi.

— Vous a-t-elle dit quelque chose ?

Seigneur.

Isaac était aveugle, oui. Mais il ne ratait rien.

— Les silences, les pauses dans les conversations... Vous seriez surpris de savoir à quel point la perte de la vue peut augmenter et améliorer d'autres domaines d'interprétation.

Hannah leva les yeux au ciel et changea de sujet.

— Isaac, je vais finir de m'occuper du linge, d'accord ?

Et là-dessus, elle nous laissa seuls.

Alors que je vérifiais Brady, tout comme le Docteur Fields m'avait dit de le faire, je posai quelques questions sur son régime alimentaire et son comportement, ce qui sembla plaire à Isaac.

Je remarquai qu'il portait un autre de ses costumes chics, comme celui de l'autre jour et je me demandais où il travaillait. Ainsi, alors que tout se passait encore relativement bien, je décidai de lui poser quelques questions.

— D'accord, c'est à mon tour, dis-je.

— Votre tour pour quoi ? demanda-t-il tranquillement, presque timidement.

— Pour les vingt questions.

Isaac soupira et, après quelques secondes, il fronça les sourcils.

— D'accord.

— En êtes-vous sûr ? Nous n'avons pas à le faire si vous ne voulez pas.

— Est-ce l'une de vos vingt questions ?

— Non, répondis-je. Dois-je recommencer ?

— Pffff, Carter, ça fait deux ! Il vous en reste dix-huit.

Je souris.

— Très bien. Où travaillez-vous ? demandai-je en riant.

— L'école Hawkins pour Aveugles.

— Depuis combien de temps travaillez-vous là-bas ?

— J'y suis allé en tant qu'élève, expliqua-t-il. Maintenant, j'y travaille.

— Que faites-vous ?

— J'enseigne l'anglais et je fais partie du conseil d'administration.

— Tous les étudiants auxquels vous enseignez sont-ils aveugles ?

— À différents degrés.

— C'est excellent.

Il tourna rapidement son visage vers moi et je réalisai brusquement que mes mots pouvaient être mal interprétés.

— Non, je voulais dire votre travail… c'est excellent, pas le fait que les élèves soient aveugles.

— Oh ! dit-il tranquillement.

Merde ! D'accord, question suivante.

— Comment faites-vous pour vous diriger aussi bien dans votre maison ? Vous vous déplacez comme si vous pouviez voir.

Il sourit presque.

— Je sais où se trouvent toutes les choses. Mon esprit a enregistré chaque emplacement et les a catalogués.

— C'est plutôt cool.

Il m'adressa un demi-sourire.

— Ce n'est pas une question.

Je ne pus m'empêcher de lui rendre son sourire.

— Comment faites-vous pour acheter vos vêtements ? Je veux dire, vous êtes toujours impeccablement habillé et… et…

— … Et quoi ? termina-t-il. Comment se fait-il que tout corresponde ?

Je me mis à rire.

— Eh bien, oui. Appelez-vous simplement chez Bloomingdale pour leur commander leur collection pour la saison ?

Isaac essaya de ne pas sourire.

— Hannah.

— Hannah, quoi ?

— Hannah commande mes vêtements pour moi. Elle sait ce que j'aime, ce qui me va.

— Hmm... Je ne veux pas paraître impoli, mais comment savez-vous ce qui vous convient ?

Isaac sourit, puis haussa les épaules avec indifférence.

— Je ne sais pas. Je peux reconnaître certains tissus par leur texture, leur sensation et leur qualité, mais pas pour la couleur... Ni pour ce qu'il y a d'écrit dessus.

— Ce qu'il y a d'écrit sur vos vêtements ?

Isaac hocha la tête.

— Il y a quelques années, il y a eu quelques occasions où j'ai... Eh bien... J'ai énervé Hannah et elle me l'a fait payer.

— Vous le faire payer comment ?

— Eh bien, apparemment, je suis allé à l'école avec des tee-shirts à l'effigie de Sesame Street ou des personnages de Disney.

Je regardai Isaac.

— Vraiment, Isaac ? Elle vous a fait ça ?

Il hocha la tête.

— Apparemment. Bien entendu, je ne le savais pas jusqu'à ce que j'arrive à l'école et que quelqu'un me dise que le gros oiseau que je portais était si jaune que même eux pouvaient le voir et ils n'avaient que dix pour cent de vision. Mais elle ne l'a pas fait depuis des années cependant, ajouta-t-il rapidement. Enfin, pas que je sache.

Je me mis à rire parce que j'avais du mal à le croire. Puis je ris plus fort parce que c'était amusant.

Isaac fronça les sourcils dans ma direction.

— Ce n'est pas drôle.

— Oh, si, ça l'est ! Que vous a-t-elle fait d'autre pour se venger ?

Isaac soupira.

— Elle a mis des brocolis dans mon assiette sans me le dire.

— Et en quoi est-ce mauvais ?

Il plissa le nez.

— Tout ce qui a goût de brocoli est mauvais.

Je ris de nouveau, mais il secoua simplement la tête et sourit.

— Vous n'êtes vraiment pas bon au jeu des vingt questions, Carter. Vous en avez déjà utilisé dix-neuf sur vingt, sans vraiment me demander quoi que ce soit d'important.

— Oh, allez ! dis-je. Nous avions une conversation normale ! Ce n'est pas juste !

Il sourit victorieusement.

— Vous avez droit à une autre question, Carter. Mieux vaut qu'elle soit intéressante.

Je voulais lui demander tout un tas de choses. Je voulais en savoir un peu plus sur Rosie, le chien guide qui avait précédé Brady. Je voulais savoir ce qu'il faisait pour s'amuser, s'il avait une petite amie, ou de préférence un petit ami. Je n'avais pas la moindre idée quant à savoir s'il était gay et je réalisai que même s'il ne l'était pas, je voulais en apprendre beaucoup plus sur cet homme. Alors, au lieu de poser ce genre de question, j'en posai une concernant tout autre chose.

— Que faites-vous samedi ?

CHAPITRE QUATRE

LORSQUE J'AVAIS SUGGÉRÉ une après-midi au parc, Isaac avait refusé. Lorsque j'avais suggéré le parc à deux pâtés de sa maison, il avait refusé. Lorsque j'avais ajouté que j'amènerais Missy afin que Brady et elle puissent profiter de la récréation, Isaac avait refusé.

J'avais presque abandonné, me demandant combien de temps il me fallait encore avant de concéder ma défaite lorsque Hannah entra dans le salon et ordonna à Isaac de se taire et d'y aller. Isaac s'était tourné dans sa direction, pinçant les lèvres en signe de protestation, mais elle n'avait rien voulu entendre. Elle lui avait ordonné de sortir de la maison pour profiter un peu du soleil, en lui disant que cela leur ferait le plus grand bien à tous les deux. Isaac lui avait répondu de s'occuper de ses propres affaires. Hannah m'avait souri et je lui avais indiqué que je viendrais le chercher chez lui à deux heures de l'après-midi.

Il avait râlé et protesté, mais devant l'insistance d'Hannah, Isaac avait finalement cédé et le samedi, j'avais préparé un sac de jouets, harnaché Missy à sa place dans ma Jeep et m'étais rendu chez Isaac.

Alors que je conduisais vers sa maison, je me demandais si Hannah et moi-même n'avions pas mis trop de pression sur Isaac, l'obligeant à faire quelque chose qu'il n'avait pas vraiment envie de faire.

Mais lorsque j'arrivai là-bas, Brady était déjà harnaché et Isaac était habillé, prêt à sortir, ressemblant à un magnifique mannequin pour le catalogue d'été de Ralph Lauren. Si Hannah achetait ses vêtements, elle avait un goût impeccable. Son bermuda et son polo, ses mocassins et ses lunettes de soleil de marque me rendirent honteux de ma tenue qui était quelconque.

Isaac m'accueillit d'un bonjour plutôt réticent, comme s'il passait l'après-midi avec moi, juste pour me faire plaisir ou comme s'il me faisait une faveur. Hannah était là, écrivant une sorte de liste de courses alors qu'elle lui demandait s'il avait envie de quelque chose d'autre au magasin et elle me tendit un morceau de papier. Dessus, il y avait ses coordonnées pour la prévenir en cas d'urgence et une note en bas de page.

Il attendait cette journée avec impatience. Il n'a parlé que de ça durant ces deux derniers jours. Ne le laissez pas vous dire le contraire.

Isaac fit une pause pendant un très bref instant.

— Non, Hannah, rien d'autre, répondit-il.

Puis il se tourna vers moi.

— Je croyais que vous deviez amener votre chien.

— C'est le cas, répondis-je. Elle est dehors. Je lui ai dit de m'attendre près de la voiture. J'ai pensé que nous pourrions lui présenter Brady pour commencer.

Ce fut donc ce que nous fîmes. Nous sortîmes et nous dirigeâmes vers la voiture où Missy nous attendait docilement à l'ombre de la Jeep, puis la Border Collie rencontra le

Labrador à grand renfort de reniflements et de mouvements de queues et tout se passa bien entre eux.

Hannah, avec sa liste de courses dans une main, verrouilla la porte derrière elle et, après avoir eu confirmation qu'Isaac avait bien ses clefs et son portable sur lui, elle nous souhaita un bon après-midi.

Puis, il n'y eut plus que nous.

Nous nous éloignâmes du parking en silence pendant quelques instants et je tenais Missy en laisse, oubliant pratiquement que Brady travaillait. Ce ne fut que lorsque nous arrivâmes au bout du bloc et que Brady s'arrêta que je me souvins qu'il faisait son job.

— Il n'y a pas de circulation, dis-je. C'est bon, nous pouvons traverser.

Dès que je prononçai les mots, je me demandais si j'avais eu raison de le faire. Je n'étais pas vraiment au courant de ce protocole. Nous traversâmes la rue et, alors que nous approchions du trottoir, je ne pus retenir ma question.

— Euh... Dois-je vous dire si c'est bon ou non pour traverser la rue ? Ou est-ce le travail de Brady ?

Il sourit.

— C'est très bien. Vous pouvez dire ça, oui.

Je poussais un soupir de soulagement interne.

— Dites-moi juste de me taire si je dis quelque chose qui n'est pas nécessaire.

Isaac sourit.

— Ne vous inquiétez pas. Je le ferai.

Et je ne doutais pas qu'il n'hésiterait pas à me dire de la fermer. Avant même que je ne puisse répondre autre chose, il reprit la parole.

— Qu'est-ce qu'Hannah vous a donné ?

— M'a donné ?

— Oui, dit-il. Lorsqu'elle m'a interrogé à propos de la liste de courses, elle vous a donné quelque chose, non ?

Seigneur. Il ne ratait vraiment rien.

— Euh...

Il hocha la tête.

— C'est bien ce que je pensais.

Il releva le menton avec un air indigné, mais ne s'arrêta pas de marcher.

— C'était un morceau de papier, une note ?

Je ne pouvais pas lui mentir.

— Oui.

Nous arrivâmes à la fin du bloc et là encore, Brady s'arrêta.

— Il y a une voiture qui arrive sur notre droite, dis-je doucement.

Nous attendîmes qu'elle passe et une fois que nous avions traversé la rue et nous approchions du parc, je lui répondis enfin.

— La note qu'Hannah m'a donnée... C'était juste son numéro de portable. C'est tout.

D'accord, donc ce n'était pas un complet mensonge.

Il hocha la tête.

— Je le savais. Elle doit vraiment penser que je suis stupide.

Je faillis protester.

— Loin de là ! répondis-je alors que nous marchions sur le trottoir, le long du parc. D'accord, juste ici, sur notre gauche, dis-je, à une centaine de mètres plus loin, il y a un banc à l'ombre. Nous pouvons nous asseoir là si vous le désirez.

Bien sûr, dit-il.

Puis je pensai à mes avertissements ou leur absence.

— Est-ce que ça va ou ne suis-je pas assez clair ? Dites-moi simplement si je n'explique pas les choses correctement.

Isaac secoua la tête avant de répondre poliment.

— C'est bon. Les gens indiquent généralement les directions en se référant au cadran d'une horloge, indiqua-t-il après une seconde. Ainsi où se trouve le banc du parc par rapport au cadran ?

— Oh !

— Euh... environ à dix heures.

Isaac sourit.

— Banc, dix heures, cent mètres. C'est facile, vous voyez ?

Je souris.

— D'accord.

Nous arrivâmes au banc et j'observai Isaac passer sa main le long du dossier, puis se pencher pour tâtonner l'assise avant de s'asseoir. De petites choses, comme le fait que je voyais que le siège était réellement là, étaient le genre de facilités que j'avais toujours prises pour acquises. Cela m'étonna de voir avec quelle facilité il s'adaptait à un environnement inconnu.

— Sans aucune fiente d'oiseaux, lui dis-je en plaisantant. Promis.

Isaac se mit à rire.

— Ouais, merci.

Il s'assit à côté de moi et Brady en fit docilement de même, à ses pieds.

Missy était assise entre les miens, regardant attentivement en direction du parc. Il y avait d'autres personnes là – des familles, des enfants, d'autres chiens. C'était un grand parc avec une aire de jeux pour les enfants et des zones ombragées pour s'asseoir. C'était un endroit populaire, niché dans la banlieue.

— Il y a du monde ici, dis-je à voix haute.

— Cela a toujours été très populaire, dit Isaac. Bien que cela fait un certain temps depuis la dernière fois que je suis venu ici.

Je me demandais si la dernière fois qu'il était venu ici c'était avec son ancien chien guide, Rosie, mais c'était un sujet douloureux dont je voulais parler dès le début de notre après-midi.

Donc, je reformulai ma question d'une manière un peu différente.

— Est-ce la première fois que Brady vient ici ?

Isaac hocha la tête, mais n'ajouta rien.

— Eh bien, ajoutai-je, une fois qu'il sera familiarisé avec le chemin pour venir ici, tout ira bien. Vous pourrez revenir n'importe quand.

— Hmm, fut tout ce qu'il répondit, mais j'eus la très nette impression que c'était peu probable que cela se produise.

— Quoi qu'il en soit, dis-je après un silence. Dites-moi en quoi consiste votre travail.

— Mon travail ?

— Oui, expliquez-moi une journée typique à votre boulot.

Il sembla un peu surpris par ma demande.

— Eh bien, je commence à environ huit heures et demie, le premier cours est à neuf heures. J'enseigne l'anglais en braille, la lecture et l'écriture, un peu de théorie et les prépare aux examens.

— Quels âges ont vos élèves ?

— Ils ont entre six et seize ans, répondit-il. J'ai différentes classes, en fonction des âges.

— Laquelle préférez-vous ?

Isaac soupira.

— Cela dépend. Nous avons des livres audio, mais j'aime ça lorsque les plus jeunes apprennent à lire en Braille. Cela leur donne tout un nouveau monde à explorer, mais j'aime aussi que les plus âgés apprécient les classiques, vous voyez ?

Je souris.

— Ça paraît incroyable.

— Et qu'en est-il de vous ? demanda-t-il. Pourquoi vétérinaire ?

Je haussai les épaules.

— J'adore les animaux. Parfois, je les apprécie bien plus que les humains. Ils sont beaucoup moins compliqués.

Isaac se mit à rire.

— Je n'en doute pas.

Je soupirai en souriant.

— Je n'ai jamais voulu être autre chose.

Isaac resta silencieux pendant un moment, écoutant, réalisai-je, les bruits du parc.

— Je vais juste laisser Missy courir un peu, dis-je en retirant sa laisse.

Je lui indiquai qu'elle pouvait aller jouer. Elle obéit, bien sûr, la truffe collée au sol et la queue bien en l'air. Je regardai Brady qui était toujours docilement assis aux pieds d'Isaac.

— Brady est-il autorisé à jouer ? demandai-je.

Isaac inclina la tête en arrière pour me faire face, mais ne répondit pas.

Ma question, manifestement, l'avait gêné.

— Ou bien est-ce nécessaire qu'il travaille pendant un certain temps ? ajoutai-je rapidement. Je ne sais pas trop quelle est la procédure.

Isaac prit une profonde inspiration et soupira.

— Euh... Je suppose qu'il peut... commença-t-il, incertain.

Puis, avec des doigts hésitants, il retira la laisse de Brady et, d'un simple geste de la main, le chien se leva et s'éloigna.

— Je ne vais pas le laisser partir trop loin, rassurai-je Isaac. Il est juste entre les arbres.

Isaac pencha la tête.

— Il y a plus de monde ici aujourd'hui que ce dont je me souvenais.

Je regardai le parc, sans quitter les chiens des yeux trop longtemps.

— Quand êtes-vous venu pour la dernière fois ? demandai-je.

— Oh, cela fait un certain temps, je suppose, dit-il calmement. Il y a plus de deux ans.

Ce qui confirma mes soupçons. La dernière fois qu'il était ici c'était avec Rosie.

— Eh bien, commençai-je, il y a quelques jeux qui ont l'air nouveaux, par là, sur votre droite. À environ deux heures, me corrigeai-je. Et il y a quelques aménagements paysagers le long de la bordure à douze heures qui ont également l'air nouveaux.

— Il y a un petit groupe de personnes vers onze heures, déclara Isaac. Je dirais entre cinq et une dizaine de personnes.

Je souris.

— C'est exact. Ça ressemble à une fête pour enfants. Ils sont près de l'espace barbecue.

— Il y un endroit pour faire des barbecues ?

Je me mis à rire.

— Donc c'est nouveau également.

Isaac sourit, puis soupira.

— Comme je l'ai dit, cela fait un moment.

— Voulez-vous revenir ici ? Avec Brady ? demandai-je.

J'observai son visage, bien que son expression change rarement.

Il haussa les épaules.

— Peut-être.

Je ne voulais pas le pousser, donc je changeai de sujet.

— Wompatuck State Park, sur la route 28, ajouta-t-il soudain. J'avais l'habitude de prendre le bus là. Il y a quelques pistes de randonnée qui font le tour d'un étang. Les sons de l'eau et des chants des oiseaux sont étonnants.

Je repensai à ce qu'il venait de dire. « *J'avais l'habitude de prendre le bus là.* »

— Attendez. Vous alliez là-bas tout seul ?

Il tourna son visage vers moi.

Je secouai la tête, n'arrivant toujours pas à y croire.

— Vous suiviez des sentiers de randonnée à travers les bois et près d'un lac, tout seul ? demandai-je à nouveau.

Il hocha la tête et j'étais totalement incrédule.

— Je ne sais pas si vous étiez courageux ou tout simplement fou !

Et puis, cela arriva enfin. Isaac Brannigan sourit. Pas un demi-sourire, ni un rictus suffisant, mais un véritable sourire sincère.

Et s'il était déjà beau auparavant, il y avait maintenant quelque chose de spécial quand il souriait. À l'extérieur, avec les rayons du soleil qui filtraient à travers les feuilles des arbres, avec la lumière qui se reflétait dans ses cheveux et sur son visage, l'effet était saisissant. Il avait des dents parfaites, des lèvres roses et tout son visage était éclairé.

Bien sûr, il portait toujours ses lunettes de soleil et je me demandais à quoi il ressemblait sans. Je doutais de pouvoir le savoir un jour.

Il souriait toujours.

— Eh bien, je ne sais pas si j'étais courageux ou si j'étais fou et devrais-je même l'admettre ?

Je me mis à rire.

— Je suppose que non. L'avez-vous vraiment fait ? De la randonnée tout seul ?

— Au début, c'était avec Hannah ou un groupe de l'école, mais généralement avec une personne voyante, puis son sourire mourut. J'avais un chien, bien entendu. Et une canne.

J'étais pratiquement certain de savoir de quel chien il parlait, mais vu qu'il l'avait mentionné le premier, je pensais que c'était l'opportunité parfaite pour l'interroger.

— Un chien ?

Isaac sourit tristement.

— Elle s'appelait Rosie. Elle connaissait chaque sentier, chaque piste.

Il soupira doucement et détourna son visage.

Je pouvais voir que la simple mention de son chien guide précédent était suffisante pour le contrarier. Sa bonne humeur avait disparu, alors j'en profitai pour ne pas lui montrer la moindre empathie.

— J'avais l'habitude de faire de la randonnée, je crois vous l'avoir déjà dit, répondis-je froidement. Lorsque j'étais à Hartford, dès que j'avais un peu de temps libre, je partais pour le week-end faire des randonnées dans les montagnes et faire du camping. C'était mon monde loin du monde, si vous voyez ce que je veux dire.

Isaac hocha la tête, mais ne dit rien.

Donc, je continuai de parler. Je lui racontai quelques-unes de mes mésaventures de camping que j'avais vécues seul ou de la fois désastreuse où mon meilleur ami, Mark avait décidé de venir avec moi. Alors que je parlais, je ne cessai d'appeler les chiens pour qu'ils ne s'éloignent pas trop, mais ils ne s'aventuraient jamais bien loin et il ne fallut pas longtemps pour que j'obtienne qu'Isaac sourie à nouveau.

Il me posa même quelques questions à propos de mon travail, de ma vie à Hartford, ainsi qu'au sujet de mon amitié avec Mark, sur la manière dont nous nous étions rencontrés grâce à des amis communs. Mais soudain, il sembla commencer à s'inquiéter. Il tourna la tête comme s'il écoutait quelque chose en particulier.

— Où est Brady ?

— Missy et lui sont juste sur notre gauche, à une cinquantaine de mètres de là, répondis-je. Ils sont toujours en train de fouiner et de renifler, prenant du bon temps.

Mais je pouvais voir qu'Isaac était un peu agité, si bien que je rappelai les chiens, sortis une bouteille d'eau de mon sac à dos, avec une gamelle en plastique pour leur donner à boire.

— Emportez-vous toujours une bouteille d'eau avec vous ? demanda Isaac, amusé.

— Oui, répondis-je en souriant. Ainsi qu'une pour vous et une pour moi, ajoutai-je en lui tendant une bouteille. C'est juste de l'eau, ajoutai-je. Pas très fraîche, mais bonne à boire quand même.

Isaac me fit un petit sourire et me remercia. Après qu'il ait bu, il me la tendit.

— Je voudrais rentrer à la maison maintenant, dit-il.

— Ouais, bien sûr, acquiesçai-je.

Je le regardai tandis qu'Isaac remettait rapidement le harnais de Brady, ses doigts sentant les fermoirs en cuir et les boucles familières et je fus surpris de voir sa compétence en la matière et à quel point il pouvait paraître indépendant. Je me tournai vers lui en souriant.

— J'ai passé un agréable moment cet après-midi. Nous devrions le refaire.

Isaac se figea, juste une seconde.

— Euh...

Je mis rapidement la laisse à Missy avant de la caresser.

— Je pense que Missy et Brady se sont bien amusés. J'ai été tellement occupé avec mon travail maintenant que le Docteur Fields a pris sa retraite que je n'ai pas été capable d'accorder à Missy autant d'attention qu'elle en avait l'habitude, alors aujourd'hui a été une bonne journée pour elle.

Isaac se leva tranquillement et se tourna face au chemin par lequel nous étions arrivés. Je pris cela comme notre signal de départ pour rentrer. Nous étions à mi-chemin du trajet pour revenir chez lui lorsqu'il me demanda si le Docteur Fields était officiellement à la retraite.

— Depuis hier.

— Oh ! dit-il d'une voix calme.

— Je suis certain qu'il va appeler la clinique pour voir comment les choses se passent sans lui, dis-je, essayant de le rassurer. Je peux lui demander qu'il vous téléphone si vous voulez ?

Il fronça les sourcils.

— Ce n'est pas ça, dit-il. Je ne veux pas que vous pensiez que je cherche à minimiser votre traitement pour Brady.

Je souris.

— Isaac, le Docteur Fields était votre ami, non ?

— Hmm, dit-il, incertain. Je suppose... ?

— Alors, appelez-le, lui dis-je. En tant qu'ami. Demandez-lui comment se passent ses parcours de golf.

— Je n'y connais rien à propos du golf, souffla-t-il.

Je me mis à rire.

— Vous n'avez pas besoin de savoir quoi que ce soit. Vous devez juste l'écouter en parler.

Il sourit à ma réflexion et me questionna sur mon travail, sur ce que j'aimais, sur ce que je détestais, comment je trouvais les gens. C'était facile de parler avec lui, lorsqu'il avait enfin décidé qu'il voulait discuter, du moins. Isaac était un homme plein de confusions. Il paraissait si ouvert, puis pour des raisons connues de lui seul, il se refermait complètement. Il était surprenant. Fascinant.

Nous arrivâmes à sa maison et la conversation allait bien jusqu'à ce qu'il demande ce que je pensais du fait de travailler avec le personnel de quelqu'un d'autre.

— J'ai surtout affaire avec Rani et Kate lorsque j'appelle, dit-il, si j'ai besoin de téléphoner ou de laisser un message à Max.

— Oh ! dis-je, en prenant appui contre le banc de la cuisine. Rani est mon assistante, très capable, très professionnelle. Kate à la réception est parfaitement compétente, mais... – je ne sais pas pourquoi j'ajoutai ça – ... mais je crois qu'elle a le béguin pour moi.

Isaac posa le harnais de Brady sur le comptoir et tourna son visage vers moi.

— Oh ? Comment le savez-vous ?

Je me mis à rire, embarrassé.

— Elle me suit partout, me regarde, rit, rougit. Ce genre de choses.

Isaac se retourna avec raideur vers moi. Je tentai de comprendre son expression mais son masque stoïque était en place.

— Alors, vous devriez lui demander de sortir avec vous.

Et ce fut tout. J'hésitai pendant un bref instant, me demandant si je devais ou non lui avouer que j'étais gay, et finalement, l'honnêteté l'emporta.

— Eh bien, elle ne correspond pas vraiment à mon type...

— Pourquoi pas ? dit-il d'un ton tranchant. Je ne pensais pas que vous seriez du genre à avoir des préjugés, Carter, se moqua-t-il.

Son ton mordant me surprit.

— Pardon ?

— Qu'est-ce que vous n'aimez pas chez elle ? demanda-t-il froidement. Est-elle trop blonde ? Pas assez blonde ? Trop grande ? Trop petite ? Vous savez, juger une personne sur son physique est...

— Seigneur ! Avez-vous fini de me faire la morale ? m'écriai-je, le coupant dans sa diatribe. Non, je ne juge pas les gens sur leur physique. Et bien que cela ne soit absolument pas vos putains d'affaires mais si vous voulez vraiment savoir pourquoi elle n'est pas mon genre, c'est parce que c'est une femme.

Je vis une expression choquée sur son visage, d'abord parce que j'osais l'interrompre, puis à cause de la révélation que je venais juste de faire. Les femmes n'étaient pas mon genre. Sa bouche s'ouvrit alors, puis se referma, puis son visage pâlit avant de rougir en même temps.

— Oh !

Ce fut tout ce qu'il put dire.

J'en avais vraiment assez de ses sautes d'humeur, soufflant le chaud et le froid, mais autant je voulais lui dire ce que j'avais à l'esprit, autant je ne pouvais pas m'offrir le luxe de le faire. C'était un client de longue date de la clinique. Et je venais juste de lui révéler que j'étais gay. Si bien que j'optai pour lui asséner une vérité bien crue.

— Vous me reprochez de juger les gens, Isaac, mais vous vous arrogez le droit de le faire de votre côté.

— Non, je... commença-t-il.

Mais je ne voulais plus l'écouter.

— Je suis désolé, Isaac, dis-je en sortant de la cuisine. Je dois y aller.

Je rassemblai mon sac à dos, appelai Missy et laissai la porte se refermer bruyamment derrière moi afin qu'il sache que j'étais parti.

Oui, Isaac était déconcertant, déroutant et étonnant même.

Mais c'était aussi un putain de bâtard avec un foutu mauvais caractère.

CHAPITRE CINQ

J'ÉTAIS TOUJOURS en colère lorsque j'arrivai au travail le jour suivant. Son comportement me laissait abasourdi. Nous avions passé un excellent après-midi et plus je passais de temps avec Isaac, plus je réalisais que je l'appréciais. Pas seulement ça... Je l'admirais.

Mais ses continuelles sautes d'humeur me rendaient fou ainsi que son mauvais caractère.

Je n'avais aucun doute quant au fait qu'il s'agissait d'un mécanisme de défense et d'une certaine manière je pouvais le comprendre. Mais je n'avais aucune idée de ce qui avait pu le faire changer dans ce que j'avais dit ou ce que j'avais bien pu faire pour déclencher une telle tirade à mon encontre.

Je n'avais pratiquement pas fermé l'œil de la nuit parce que j'avais passé sans cesse notre conversation dans ma tête et, lorsque le matin était arrivé, j'étais fatigué, de mauvaise humeur et, franchement, j'en avais marre de lui.

J'avais abandonné toute idée de dormir et avais sorti Missy pour une promenade matinale dans l'espoir de m'aérer l'esprit. Je n'avais techniquement pas à travailler car nous étions dimanche, mais je pensai qu'ainsi je pourrais me remettre les idées en place en étant à la clinique vétérinaire maintenant que le Docteur Fields était définitivement parti. En milieu de matinée, j'avais presque abattu le travail d'une journée complète et me sentais bien. Fatigué, mais bien.

Jusqu'à ce que Rani passe la tête par l'entrebâillement de la porte de mon bureau et m'interrompe.

— Docteur Reece ?

— Oui, Rani ?

— Appel téléphonique, ligne deux, dit-elle doucement.

Manifestement, elle ne savait pas si j'étais officiellement disponible ou non.

— C'est Isaac Brannigan. Je lui ai dit que vous n'étiez pas le vétérinaire de garde aujourd'hui, mais il a insisté.

Insisté. J'étais prêt à parier qu'il l'avait fait.

J'adressai un sourire à Rani.

— Merci. Je vais le prendre.

Elle partit et je regardai le bouton clignotant du téléphone. Je n'avais vraiment aucune idée quant à la raison de cet appel téléphonique : s'il appelait pour porter plainte contre moi, pour me dire qu'il préfèrerait être orienté vers un autre vétérinaire non gay ou pour s'excuser.

Avec Isaac, chacune de ces trois suppositions était plausible. Je soupirai lorsque je réalisai que ce pouvait très bien être tous les trois.

Je décrochai le combiné et appuyai sur le bouton clignotant.

— Allo, Carter Reece à l'appareil.

Il y eut un petit silence.

— Euh... Carter, c'est Isaac. Isaac Brannigan.

Il paraissait penaud, désolé même. Je décidai de rester

professionnel jusqu'à ce que je sache où cette conversation nous mènerait.

— Isaac, que puis-je faire pour vous ?

— Je ne pensais pas que vous travailleriez aujourd'hui, dit-il. J'ai appelé sur votre téléphone portable, mais je suis directement tombé sur la messagerie vocale.

Je sortis mon téléphone de ma poche.

— Oh ! Il est sur mode silencieux, dis-je distraitement.

J'avais raté trois appels. Un la nuit dernière et deux ce matin. Puis, une idée me traversa l'esprit.

— Est-ce que Brady va bien ?

Isaac se racla la gorge.

— Oh, il va bien, répondit-il doucement. Ce n'est pas pour cela que je voulais vous parler.

Je pris une profonde inspiration et posai la question piège.

— Pourquoi vouliez-vous me parler, Isaac ?

Il se racla de nouveau la gorge et je crus pouvoir l'entendre tripoter quelque chose ou s'agiter dans son fauteuil.

— Je voulais m'excuser.

Je ne pouvais pas croire ce qu'il me disait.

— Vous excuser ?

— Oui, déplora-t-il. Je me suis montré dur avec vous et j'en suis désolé.

— Isaac, c'est bon, répondis-je, mais j'étais certain que mon ton indiquait le contraire.

— Non, ça ne l'est pas.

— Isaac... commençai-je, mais il me coupa la parole.

— Pourriez-vous venir ? demanda-t-il rapidement. Je sais que c'est beaucoup demander, tout bien considéré, mais je vais préparer le déjeuner. C'est le moins que je puisse faire.

Je me frottai les tempes.

— Euh...

— Aux alentours d'une heure ?

— Vous ne devez pas souvent entendre le mot « non » n'est-ce pas ?

— Euh... dit-il, comme s'il réfléchissait à ma question. Pas très souvent, non.

Je souris.

— Très bien. Je devrais avoir terminé aux alentours de midi trente. À tout à l'heure.

Je souriais toujours lorsque je raccrochai. J'aurais pu me présenter chez lui pour treize heures, mais je voulais le faire attendre.

***

J'ARRIVAI CHEZ ISAAC ET, n'étant pas tout à fait certain de ce que j'allais trouver, je sonnai à la porte. M'attendant à Hannah, je fus accueilli par Isaac qui, sans un mot, ouvrit la porte et attendit que j'entre puis je fus assailli par un Brady qui remuait la queue, heureux de me revoir. Je caressai le chien, puis me retournai pour voir Isaac fermer la porte. Il paraissait nerveux.

Il avait l'air toujours aussi beau, portant un jean, un tee-shirt et ses lunettes de soleil de marque. J'attendis qu'il ferme la porte pendant qu'il prenait une profonde inspiration et expirait lentement.

— S'il vous plaît, entrez, dit-il calmement. J'ai préparé un déjeuner pour nous deux. C'est dans la cuisine.

— Ce n'était pas nécessaire, dis-je en traversant le salon pour aller dans la cuisine. Mais, merci.

Il régnait une ambiance bizarre. Je me sentais mal à l'aise et toujours incertain quant à la raison de cette invitation.

— C'est le moins que je puisse faire, dit-il.

Sa voix était douce, mais directe.

— Je me suis montré très dur avec vous et je suis désolé.

C'était des excuses honnêtes et je ne pouvais pas douter de sa sincérité.

— Excuses acceptées.

Il hocha la tête et sourit presque, puis se tourna vers le réfrigérateur pour en sortir un plateau de charcuterie et de la salade de poulet. Il déposa le plateau sur le comptoir puis se tourna vers un autre placard pour attraper deux assiettes. Je songeai à lui offrir mon aide, mais il avait vraiment tout sous contrôle.

Comme il dressait le couvert sur le comptoir, je soupirai.

— Isaac, j'ai également besoin de m'excuser.

Son visage se tourna rapidement vers moi.

— Pourquoi ?

Je pris une profonde inspiration et expirai lentement.

— Eh bien, pour commencer, je n'aurais pas dû vous parler du personnel de la clinique. Ce n'était pas du tout professionnel de ma part. Et malgré le fait que Kate ait le béguin pour moi, ou qu'elle ne soit pas mon type, cela ne compte pas. La vérité est qu'elle est très bonne dans son travail et que je ne pourrais pas faire le mien correctement sans elle.

Le visage d'Isaac tressaillit comme s'il n'était pas d'accord.

— Ce n'est certainement pas votre faute. J'ai amené le sujet là-dessus.

— Oui, mais quand même, concédai je. Je n'aurais pas dû vous en parler.

— Eh bien, j'accepte vos excuses, bien que je ne sois pas entièrement d'accord avec ça, dit-il avec un air de défi.

Je secouai la tête. *Bien sûr qu'il n'est pas d'accord avec ça,* pensai-je. Le mot « incorrigible » me vint à l'esprit. Il n'avait pas fallu longtemps pour comprendre qu'Isaac pensait rarement qu'il pouvait avoir tort et je me demandais à quel point cela lui avait fait mal de devoir présenter des excuses. Ça leur donnait un peu plus de valeur.

Isaac me tendit une assiette vide et agita son autre main vers la salade de poulet.

— Je vous en prie, servez-vous.

— Bien sûr, dis-je en remplissant également son assiette. Et je devrais également m'excuser pour... Eh bien, pour vous avoir avoué que les femmes n'étaient pas mon type, continuai-je en posant son assiette pleine dans ses mains.

Il posa son assiette sur le comptoir. Il ouvrit et referma sa bouche, puis ses joues prirent une légère teinte rosée.

— Ne vous excusez pas pour ça, dit-il doucement. Je suis content que vous me l'ayez dit.

Il est content que je le lui aie dit ?

Avant que je ne puisse répondre, il changea rapidement de sujet.

— Il y a une cruche d'eau dans le réfrigérateur, pouvez-vous l'attraper pour moi ?

— Bien sûr !

Je fis ce qu'il avait demandé alors qu'il attrapait deux verres dans le placard sur sa droite. Je les remplis et en posai un en face de lui, sur le comptoir. Je pris sa main gauche et enveloppai délicatement ses doigts sur le verre.

Il rougit et sa voix était à peine plus forte qu'un murmure.

— Merci.

Et soudain, tout se mit en place. Il était heureux que je lui dise que je n'aimais pas les femmes, il rougissait quand je

touchais sa main, Hannah m'avait dit qu'il m'appréciait...
Comme s'il *m'aimait bien,* m'aimait tout court.

Imaginant que je n'avais plus rien à perdre, je pris une
profonde inspiration.

— Isaac, êtes-vous gay ?

Son visage se tourna brusquement vers moi, choqué par
ma question directe, puis il devint subitement écarlate. Je ne
lui laissai pas le temps de se sentir embarrassé. Donc, je me
mis à rire.

— Alors, vous voyez quelqu'un ?

— Pas depuis ces dix-huit dernières années, dit-il,
impassible.

— Oh, merde ! m'écriai-je en réalisant soudain ce que je
venais juste de demander à un homme aveugle. Je ne
voulais pas dire « voir » dans le sens de « voir ». Je voulais
dire « voir » comme dans « voir » quelqu'un.

Isaac se moqua de moi.

— Oh, voilà qui a plus de sens ! dit-il avec un rire sarcastique. Vous voulez dire comme dans « sortir » avec
quelqu'un ?

— Oui, sortir ! m'écriai-je. Merde ! Je suis désolé.

Isaac rit à nouveau.

— C'est bon, Carter. Vraiment. Je ne faisais que plaisan-
ter. Vous êtes autorisé à dire des choses comme « vous
auriez dû voir ça » ou « avez-vous vu quelqu'un ». Je ne me
sentirai pas offensé.

Je soupirai, soulagé.

— Bon sang, je suis désolé, dis-je à nouveau.

Il me sourit.

— Arrêtez de vous excuser et buvez un grand verre
d'eau, suggéra-t-il. Cela devrait vous laisser le temps de vous
remettre les idées en place.

Je le fusillai du regard, même s'il ne pouvait pas le voir.

Toujours en souriant, il poussa son assiette contre le bord du comptoir, puis me contourna, sortit un tabouret de sous la table de la cuisine et s'assit.

— Nous pouvons allez dans la salle à manger si vous préférez ?

— Non, c'est bon, répondis-je en posant un tabouret à côté du sien avant de m'asseoir pour déjeuner.

Isaac but quelques gorgées de son verre d'eau.

— Et pour répondre à votre question, ma réponse est non.

— Non ?

— Non, je ne sors avec personne en ce moment.

Oh !

— Et vous ? demanda-t-il avant de prendre une autre bouchée de laitue et de tomate.

J'avalai ma nourriture et pris une gorgée d'eau.

— Non, pas depuis un certain temps, admis-je. Il y a eu un gars pendant un moment, mais ça c'est terminé il y a environ un an.

Isaac hocha la tête, se la jouant cool.

— Quel était son nom ?

— Paul.

— Pourquoi avez-vous rompu ?

Bon sang, il n'hésitait pas à tirer à bout portant.

— Euh... Nous voulions des choses trop différentes.

C'était une façon très diplomate de le dire.

— Quel genre de choses ? me pressa-t-il. Carrière ? Famille ?

Je harponnai une tomate cerise avec ma fourchette.

— Apparemment, il voulait coucher avec d'autres personnes.

La fourchette dans la main d'Isaac s'arrêta à mi-chemin de sa bouche.

— Oh !

Je ris devant son expression choquée.

— Ouais, ce n'était pas agréable.

— Oh ! dit-il encore.

Il prit une autre bouchée de poulet et la mâcha pensivement.

— Est-ce la raison pour laquelle vous avez emménagé ici et accepté cet emploi ?

Je secouai la tête, mais me souvins qu'il ne pouvait pas me voir. Si bien que je prononçai le mot à haute voix.

— Non, pas du tout. Comme je l'ai dit, tout cela s'est passé il y a un an. Il y avait longtemps que j'avais surmonté cette déception avant d'accepter ce travail, mais quand l'opportunité s'est présentée, j'ai pensé que c'était le moment idéal pour passer à autre chose.

— Très bien, accepta-t-il.

— Et vous ? demandai-je à nouveau. Un ex-petit ami ?

Il haussa les épaules.

— Pas depuis un bon moment.

Puis il se reprit.

— J'avais l'habitude de passer du temps avec un homme à l'école. Je suppose que vous diriez que c'était sortir.

— Et comment s'appelait-il ?

Il eut l'air hésitant.

— Un prêté pour un rendu, ajoutai-je. Je vous ai répondu pour ma part.

Il sourit.

— Daniel.

— Et qu'est-il arrivé à Daniel ?

— Ils ont déménagé, répondit Isaac. Nous étions jeunes et pas vraiment sûrs de ce que nous voulions.

Je souris.

— Vous vouliez juste jouer et faire quelques expérimentations ?

La bouche d'Isaac s'ouvrit puis se referma rapidement. Il haussa les épaules.

— Hmm, peut-être.

Je me moquai de lui.

— Hannah, le sait-elle ?

Isaac termina la dernière bouchée de sa salade et hocha la tête.

— Oui, bien sûr ! Je ne peux pas lui cacher grand-chose.

Je me retrouvai à sourire.

— Où est-elle ?

— Chez elle.

Je réfléchis pendant une seconde.

— Ne vit-elle pas ici avec vous ?

— Non, répondit Isaac en secouant lentement la tête. C'était le cas, mais elle s'est mariée l'année dernière et maintenant, elle a son propre appartement. Son mari, Carlos est un gars vraiment très gentil.

— Vous vivez tout seul ici ? demandai-je avec incrédulité. Est-ce sans danger ?

Il releva le menton et parla comme s'il avait eu à répondre à cette question des milliers de fois.

— C'est parfaitement sûr. Hannah arrive ici pour le petit déjeuner et reste jusqu'au dîner tous les jours, sauf le dimanche. J'ai un excellent système de sécurité, cet endroit est entièrement verrouillé la nuit et je suis un homme adulte âgé de vingt-six ans. Je peux vivre tout seul.

— Je ne voulais pas vous offenser, dis-je sincèrement. Cela m'étonne juste de voir à quel point vous êtes indépendant, comment vous êtes compétent pour faire des choses, pour prendre soin de vous.

Je soupirai et me pris la tête entre les mains.

— Seigneur, je serais désespéré.

— Eh bien, je n'ai pas vraiment eu le choix, dit-il. J'aurais pu, soit me glisser dans un trou et me laisser mourir, soit prendre ma vie en mains.

Je secouai la tête.

— Vous êtes un homme étonnant, Isaac.

Il haussa une épaule et je pouvais voir qu'il ne me croyait pas. Après un moment, il repoussa son assiette.

— Carter, puis-je vous dire quelque chose ?

— Bien sûr !

Il prit un moment et je pensais qu'il essayait de formuler sa phrase et de mettre les mots dans le bon ordre avant de parler.

— Je vis seul ici et je suis totalement aveugle, dit-il tranquillement. Donc, je suis certain que vous pouvez comprendre à quel point c'est difficile pour moi de simplement inviter des gens à venir.

Je hochai la tête, puis à nouveau, je me souvins que je devais dire les mots à haute voix.

— Bien sûr.

Isaac parlait doucement. Je ne l'avais jamais vu aussi vulnérable.

— Je connais Max, le Docteur Fields et il a dit que je pouvais vous faire confiance et vous laisser entrer chez moi pour vous occuper de Brady, mais je voulais que vous sachiez que je vous fais *vraiment* confiance. Vous m'avez emmené au parc hier, ce qui était la chose la plus gentille que quelqu'un ait faite pour moi depuis bien longtemps, puis j'ai tout gâché en criant après vous. Je suis désolé d'avoir fait ça. Je ne voulais pas... Je voulais juste...

Il s'interrompit, le temps de hausser les épaules.

— Quoi qu'il en soit, je voulais juste que vous sachiez que, hier, lorsque vous avez dit que vous aimeriez revenir au parc de temps en temps, eh bien, moi aussi, j'aimerais bien.

Je souris et ouvris la bouche pour parler, mais il n'en avait pas encore terminé.

— C'est seulement si vous voulez, ajouta-t-il rapidement. Je ne vous blâmerais pas si vous préfériez juste vous en tenir à des relations strictement professionnelles, c'est très bien aussi. Et ce n'est pas parce que nous sommes gays tous les deux que cela veut dire quoi que ce soit. Je ne vous ai pas avoué que j'étais gay pour vous suggérer que...

Je souris devant ses divagations. C'était vraiment adorable.

— J'ai juste pensé que je devais vous faire comprendre que je vous comprenais et que je n'avais certainement aucun problème avec ça. Je ne voulais pas que vous vous inquiétiez en pensant que je m'étais peut-être senti offensé ou que je voulais changer de vétérinaire ou quelque chose...

Je souriais toujours.

— Isaac... l'interrompis-je.

Il tourna son visage vers moi et attendit.

— La ferme.

Il resta bouche bée.

— Vous souriez, n'est-ce pas ?

— Oui, dis-je en riant. Je serais ravi de retourner au parc. J'ai passé un très bon moment.

Ses lèvres firent une moue qui ressemblait à un vague sourire.

— Vous m'avez dit de me taire.

Je ris à nouveau.

— Oui, oui, je l'ai dit.

— Dites-vous souvent aux gens de se taire ? demanda-t-il, essayant de ne pas sourire.

— Si c'est justifié.

— D'accord, dit-il avec un hochement de tête. Je ne pense pas qu'on m'ait jamais dit de la fermer.

Je me mis à rire.

— Je m'en doutais.

Il sourit timidement.

— Donc, ce samedi ?

Je souriais à pleines dents maintenant.

— Je vais vérifier le temps qu'il fera, mais que diriez-vous si nous préparions à déjeuner ? Nous pourrions prendre les chiens.

— Je vais nous préparer un pique-nique, déclara Isaac. Vous, vous vous occupez des chiens.

— Ça m'a l'air correct.

Isaac hocha la tête.

— Oui, ça me paraît bien.

Le calme s'installa entre nous pendant un petit moment alors que nous souriions tous les deux.

— Hey, où est Brady ? demandai-je.

— Oh, il est dans l'arrière-cuisine, dit-il. Voulez-vous le voir ?

— Bien sûr ! répondis-je.

— Avez-vous eu assez à manger ? demanda-t-il. Je n'étais pas sûr de ce que vous aimiez.

— C'était parfait, répondis-je tandis que je ramassais les assiettes pour les déposer dans l'évier. L'avez-vous préparé ?

Isaac hocha la tête.

— Ouais, Hannah prépare généralement la plus grande partie de ma nourriture ou précuit tout et je n'ai qu'à réchauffer. Elle découpe tout pour moi, comme le poulet. Elle prépare des morceaux de petite taille afin que je n'aie pas à m'inquiéter de couper ou de mordre dans des morceaux trop gros, particulièrement devant d'autres personnes.

C'était le genre de petites choses auxquelles je ne faisais même plus attention pour ma part.

— Eh bien, vous êtes doué. C'était très bon, merci.

Isaac sourit et se dirigea vers l'arrière-cuisine.

— S'il vous plaît, laissez les plats. Je le ferai plus tard. Allons voir ce chien.

Il se retourna et sortit par la porte arrière de la cuisine. J'avais vu Hannah emporter le linge par là, donc j'avais pensé qu'elle donnait sur l'extérieur. Je le suivis et me retrouvai dans une grande véranda. Il y avait une porte à droite et, d'après ce que je pouvais voir, c'était une buanderie, mais la véranda en elle-même était magnifique.

Il y avait des chaises en rotin blanc et un décor de table qui correspondait, de grandes plantes grasses en pot et des cyclamens. Le mur du fond était essentiellement composé de fenêtres donnant sur une grande pelouse bien entretenue et une grande piscine.

Et un Labrador de couleur sable était couché dans son lit. Sa queue commença à s'agiter suivant un rythme qui indiquait qu'il était heureux lorsqu'il se rendit compte que nous nous dirigions vers lui. Il avait une expression gaie, des yeux brillants et semblait sourire.

— Hey, Brady, dis-je en me mettant à genoux pour le saluer d'une grande caresse.

Isaac recula de quelques pas et la distance physique qu'il mettait entre son chien et lui-même était très nette.

— Pouvons-nous le faire sortir dans le jardin de derrière ? demandai-je. Afin qu'il puisse courir un peu ?

Isaac hésita.

— D'accord.

C'était troublant de constater à quel point Isaac se montrait froid avec Brady. Le chien était propre et bien nourri, mais il n'y avait aucune affection de sa part, pas de caresse, pas de gratouille derrière les oreilles ni de frottement sur son ventre.

C'était triste. En tant que vétérinaire, cela me gênait. Malheureusement, professionnellement, je ne pouvais pas faire grand-chose, cela ne constituait pas une infraction pénale de ne pas être attaché émotionnellement à un animal. Il était bien soigné. Je me souvins du Docteurs Fields disant qu'il espérait juste que l'attachement viendrait avec le temps.

Nous étions dans la cour et parlâmes un peu plus tandis que Brady reniflait l'herbe, faisait ses besoins et reniflait encore. Au lieu de parler de Brady, je demandai à Isaac s'il nageait souvent et il me répondit que oui, au moins une fois, voire deux fois par jour. Il avait également fait installer une salle de gym apparemment et aimait courir sur un tapis roulant ou faire du stair-master (NDT Machine qui donne l'impression de monter un escalier) pour l'aider à rester en forme. Pas étonnant qu'il ait l'air aussi bien.

— Faites-vous du sport ? demanda-t-il.

— Euh... Pas vraiment, admis-je. J'avais un abonnement dans une salle de gym à Hartford, mais je n'ai pas encore eu le temps de trouver un nouvel endroit pour l'instant. Mais je fais des marches de plusieurs kilomètres avec Missy le soir venu.

— Diriez-vous que vous êtes en forme ? demanda-t-il encore. Je veux juste essayer de me créer une image mentale de ce à quoi vous ressemblez, s'empressa-t-il d'ajouter.

Oh !

— Euh... Je dirais que oui, je suis plutôt en forme. Je ne suis pas prêt à faire du triathlon de sitôt, mais je vais bien.

Je me demandais si c'était assez descriptif, mais je réalisai que ce n'était probablement pas le cas.

— Je fais quatre-vingt-dix kilos.

Isaac hocha la tête pensivement et sourit.

— À quoi ressemblez-vous ?

Je fronçai les sourcils. On m'avait dit une fois ou deux que je ressemblais un peu à Colin Farrel, mais pas au point de l'admettre d'autant que, de toute façon, Isaac ne l'avait jamais vu non plus.

— Euh... Je ne sais pas. Je suis juste dans la moyenne, je suppose.

Isaac resta immobile pendant un long moment, mais je pouvais voir qu'il réfléchissait à la façon dont son front était plissé et ses sourcils froncés, juste au-dessus de ses lunettes.

— Puis-je toucher votre visage ? demanda-t-il.

Je le regardai, stupéfait de sa demande. *Quoi ? Toucher mon visage ?*

Isaac eut un petit sourire, se sentant manifestement mal à l'aise, ou nerveux.

— C'est comme ça que je pourrai voir, faute d'un meilleur mot, ce à quoi vous ressemblez. Vos sourcils, votre nez, la mâchoire... les lèvres.

Je déglutis.

— Euh... bien sûr.

Je m'approchai de lui, suffisamment pour que mon visage soit juste en face du sien. Il leva lentement sa main et je la pris, la posant sur ma joue.

Et je cessai pratiquement de respirer.

Il leva son autre main et bientôt ses doigts glissaient dans mes cheveux.

— Vos cheveux sont noirs, n'est-ce pas ?

— Oui.

— Ils sont un peu piquants et doux en même temps.

Je souris.

— Ouais, je les garde courts parce que sinon ils partent dans tous les sens en repoussant.

Il inclina la tête et ses doigts retracèrent mon front, mes sourcils. Mes yeux se fermèrent tandis que ses doigts cartographiaient mes cils, les orbites et les tempes.

— Vos yeux sont bruns, m'avez-vous dit.

— Oui, murmurai-je. Ils sont brun foncé, presque noirs.

— Je vous voyais avec des yeux bleus.

Mes yeux étaient toujours fermés, mais je souris.

— Désolé de vous décevoir.

Sa voix devint douce et plus basse.

Je ne suis pas déçu.

Puis ses doigts effleurèrent ma mâchoire et mon menton, puis finalement, mes lèvres.

Mes inspirations étaient un peu hachées et mon cœur battait tellement vite que je me demandais si, avec son audition surdéveloppée, il pouvait l'entendre. Ses doigts étaient aussi légers qu'une plume et son toucher chatouilla ma bouche et ma peau. Mes yeux s'ouvrirent lentement et je le vis se lécher les lèvres.

— Vous avez des lèvres douces, murmura-t-il.

Je me penchai vers lui. Je voulais l'embrasser. Je le voulais tellement que je pouvais presque le goûter. Mais je ne pouvais pas.

Je ne devrais pas.

Merde, je le voulais.

Il se lécha de nouveau les lèvres et je retins un gémissement.

Il passa son pouce sur ma lèvre inférieure et je me penchai un peu plus. Je pouvais sentir son souffle sur mon visage et ses mains prirent le mien en coupe. Je n'allais pas l'embrasser.

Il allait le faire.

Puis Brady souffla bruyamment à nos pieds.

Surpris, Isaac recula rapidement et baissa ses yeux vers

le chien. Je poussai un soupir parfaitement audible, souriant, hébété et à bout de souffle. Je tapotai Brady sur le dessus de la tête.

— Je pense qu'il était curieux, c'est tout... Qu'il se demandait ce que nous faisions.

— Oh ! dit Isaac en faisant un pas en arrière, mettant un peu de distance entre nous.

Je secouai la tête. Seigneur ! J'avais déjà connu des moments particuliers, mais jamais aussi intenses que celui-ci.

— Je devrais y aller, dis-je aussi légèrement que je pus le faire. Que diriez-vous de rentrer tous les deux et vous pourrez fermer et brancher l'alarme pour la nuit.

Isaac hocha la tête, puis fit courir sa main dans ses cheveux, apparemment aussi retourné que moi.

— Bonne idée.

Je pris une profonde inspiration.

— Sommes-nous toujours d'accord pour samedi ?

— Bien sûr !

— Bien, répondis-je. Je suis impatient d'y être.

— Moi aussi.

CHAPITRE SIX

ISAAC ME téléphona jeudi soir et, lorsque je vis son nom s'afficher sur mon téléphone, je pensai pendant un bref moment qu'il appelait pour annuler. Je lui dis bonjour et attendis qu'il parle.

— Je pensais préparer du pain frais pour les sandwiches du pique-nique de samedi, me dit-il à la place. Préférez-vous du bœuf, du poulet, du jambon ou juste une salade ?

Je ris, soulagé.

— Quelque chose de drôle ?

Je souris et me mis à rire au téléphone.

— Non, pas du tout. Isaac, je mange de tout.

— De tout ?

— Ouais.

— Donc, je peux prévoir du pâté de canard et des œufs de truite fumée ?

— Euh... Eh bien, dis-je en grinçant des dents. D'accord, peut-être que je ne mange pas *de tout*.

Je pouvais parfaitement imaginer son sourire victorieux.

— Donc, ce sera bœuf, jambon, poulet ou une salade ?

— Jambon *et* salade.

Il soupira.

— Vous aimez me défier, n'est-ce pas ?

Je souris.

— Oui. Avez-vous de la moutarde à l'ancienne ? ajoutai-je. Ou de la moutarde de Dijon pour faire ces sandwiches ?

Il soupira de manière théâtrale.

— Ne poussez pas trop loin, Carter, je ne suis pas un cuisinier professionnel.

Je me mis à rire.

— Je suis certain que vous préparerez d'excellents sandwiches.

— Je ne sais pas, dit-il en claquant la langue. Je pourrais très bien confondre la moutarde avec le wasabi.

J'eus le souffle coupé.

— Vous n'oseriez pas !

Cette fois-ci, il éclata de rire.

— Cela dépend de vous et d'à quel point vous poussez le bouchon trop loin.

— D'accord, dis-je en souriant. Permettez-moi d'écrire une petite note, puis je fis semblant de lire à haute voix ce que je venais soi-disant de noter : beaucoup embêter Isaac, mais prévoir beaucoup d'eau pour faire passer le wasabi.

Il se mit à rire, puis soupira et redevint calme.

— Comment était votre travail ? lui demandai-je.

Il me raconta alors ce qu'il avait fait aujourd'hui et les autres jours de la semaine. Il parlait avec un enthousiasme enviable de son travail, de ses étudiants. Non pas que je n'aimais pas le mien, je l'adorais, mais je pensais que les récompenses qu'Isaac obtenait du sien surmontaient et de loin, les miennes.

Je lui racontai ma journée et ma semaine : comment j'avais soigné des chiens et des chats de toutes races, formes et tailles, des lapins, des furets, des gerbilles et des oiseaux.

Isaac semblait fasciné par mes histoires et ce n'est que lorsque mon téléphone émit un bip, m'indiquant un autre appel entrant que je réalisai qu'Isaac et moi parlions depuis plus d'une heure.

— Heu, je ferais mieux de répondre à cet appel, expliquai-je. Ce doit être Mark. J'étais censé l'appeler, mais je ne l'ai toujours pas fait.

— Oh, pas de problème, répliqua Isaac. Je suppose que je ferais mieux de m'organiser aussi. Je dois vérifier si j'ai du wasabi, enfin... de la moutarde, je veux dire.

J'éclatai de rire.

— Je serai chez vous un peu avant midi.

Il rit doucement au téléphone.

— Bien. Ne soyez pas en retard, ajouta-t-il puis la ligne se déconnecta avec un léger clic.

Je souriais toujours lorsque je pressai le bouton pour répondre à l'autre appel.

— Allô ?

— Où diable étais-tu passé ? Et pourquoi parais-tu si foutrement heureux ?

— Hey, Mark ! m'écriai-je, ignorant délibérément son soi-disant salut. Comment vas-tu ?

— Je vais très bien, répondit-il vivement. Alors où diable étais-tu et pourquoi t'a-t-il fallu aussi longtemps pour répondre au téléphone ? Et pourquoi parais-tu si foutrement heureux ?

Je ris à nouveau.

— Si tu veux vraiment tout savoir, j'étais déjà en ligne.

— Qui est plus important que moi ?

Je secouai la tête et levai les yeux au ciel.

— Absolument personne ! Que Dieu me pardonne d'avoir chatouillé ton ego.

Mark se mit à rire.

— Donc, à qui parlais-tu ?

Je gémis. Il n'allait pas me lâcher avant de savoir.

— Isaac.

— Ooh... le tombeur ! dit-il d'une voix très mature et très chantante. Comment est-il au lit ?

Je soupirai.

— Ce n'est pas ça.

— Mais il est gay, non ? Et tu l'apprécies ?

— Eh bien... ouais...

— Et tu ne l'as pas encore baisé ? demanda-t-il sans ambages. Tu parles de lui depuis plus de deux semaines maintenant.

— C'est différent, tentai-je. Il est spécial. Il n'est pas comme les autres gars.

— Seigneur, Carter ! dit Mark en soupirant. Tu es la honte de tous les hommes gays de ce pays.

Je me moquai de mon meilleur ami et de son sens de l'exagération. Mais je savais que je devais le lui dire. Il avait raison, j'appréciais Isaac. Et mon meilleur ami devait connaître la vérité.

— Mark, il y a quelque chose que tu dois savoir sur Isaac.

Mark resta silencieux pendant un moment et je savais que je l'avais intrigué.

— Quoi donc ?

— Eh bien... Il est aveugle.

Silence.

— Aveugle ?

— Oui, dis-je lentement. Comme dans incapacité de voir.

Silence plus long.

Puis il ricana et laissa échapper un rire incrédule.

— Es-tu sérieux ?

Il ne me laissa pas le temps de répondre.

— Seigneur, tu es sérieux.

— Mark, je t'ai dit qu'il était différent, expliquai-je. Mais il est intelligent, drôle, très cultivé.

— Et aveugle !

— Je ne vois pas ça comme ça, commençai-je puis regrettai immédiatement le choix de mes mots.

— Apparemment, lui non plus.

— Mark, pas de plaisanteries sur les aveugles, s'il te plaît.

— Oh, mon Dieu ! dit-il doucement. Tu aimes vraiment ce gars. Et il est complètement aveugle ?

— Il l'est, acquiesçai-je. Il a un chien guide, Brady. C'est comme ça que nous nous sommes rencontrés. Isaac fait partie des clients pour lesquels je fais des visites à domicile.

Un autre silence.

— Seigneur, Carter et tu ne me dis ça que maintenant ?

— Eh bien, nous ne sortons pas officiellement ensemble, ni quoi que ce soit dans ce genre-là, me défendis-je. Je suis allé chez lui plusieurs fois, nous avons passé un peu de temps ensemble le week-end dernier et maintenant, nous avons une sortie pique-nique de prévue...

Je m'arrêtai, puis me corrigeai.

— Un déjeuner de prévu samedi. Je ne suis même pas certain que cela aboutira à quelque chose. Je n'en sais rien.

— Mais tu le veux ?

— Eh bien... Ouais, peut-être...

— Alors, tu dois faire en sorte que cela arrive.

Et juste comme ça, Mark était cool avec tout ça. Une fois qu'il savait que c'était ce que je souhaitais, il voulait que je l'aie. Mark était comme ça : loyal jusqu'au bout.

Notre conversation dévia sur des choses qui dataient de Hartford, de vieux amis et notre travail, puis nous nous dîmes au revoir, mais pas avant qu'il me dise qu'il voulait rencontrer ce fameux Isaac. Et que dans trois semaines, lorsqu'il viendrait me rendre visite, il s'attendait à faire sa connaissance.

Je lui répondis que cela dépendrait de comment les choses se passeraient ce week-end.

— De toute façon, je ne pense pas qu'il soit prêt à te rencontrer pour l'instant.

— Oh, s'il te plaît ! dit-il avec humeur. Il va m'aimer. Tout le monde m'aime.

Je levai les yeux au ciel et soupirai.

— Me promets-tu de bien te comporter ?

— Oui, dit-il en riant. Parole de scout.

— Tu n'as jamais été boy scout.

— Non, mais j'ai baisé plein de gars qui l'ont été. Ils étaient scouts lorsqu'ils étaient jeunes, c'est ce qui compte. Je ne parle pas de ceux qui le sont maintenant, parce que ce serait grave ! ajouta-t-il.

Je me mis à rire.

— Bonne nuit, Mark.

— MARK VOUDRAIT VOUS RENCONTRER.

Nous étions assis sur un banc du parc et Isaac se tourna vers le son de ma voix.

— Quoi ?

— Mark, mon meilleur ami, expliquai-je. Il veut vous rencontrer.

— Oh !

Il se détourna de moi.

— Vous lui avez parlé de moi ? demanda-t-il après un long moment.

— Bien sûr ! Je lui raconte tout.

Isaac hocha lentement la tête.

— Oh ! Que lui avez-vous dit ?

— Que nous emmenions promener les chiens, allions au parc et que nous allions pique-niquer.

Je n'en étais pas certain, mais je crois qu'Isaac essayait de ne pas sourire au fait qu'il aimait l'idée que je parle de lui. Mais son sourire s'évapora.

— Lui avez-vous dit pour moi ? demanda-t-il. Vous savez... que je suis aveugle ?

Je ne lui dis pas que je n'avais fait *que* le mentionner, mais je répondis honnêtement, essayant de faire paraître ça comme si ce n'était pas grand-chose.

— Bien sûr.

L'expression d'Isaac resta parfaitement neutre. Comme d'habitude.

— Et ?

— Et quoi ? demandai-je en retour. Et rien. Si je ne m'en préoccupe pas, alors lui non plus.

Isaac sembla réfléchir à ce sujet pendant un petit moment.

— Et ça ne vous dérange pas ?

— Nan.

Il essaya de ne pas sourire. Mais échoua.

Nous mangeâmes notre repas – sans wasabi – et les chiens jouèrent, se roulèrent dans l'herbe haute et s'allongèrent à nos pieds. Nous passâmes plus de deux heures à discuter de tout et de rien. Enfin, je m'occupais de la partie conversation, Isaac se contentant la plupart du temps d'écouter et de rire. Il semblait captivé par mes mésaventures d'enfance, celles du collège, puis par mes histoires concernant les singeries de Mark. Il avait l'air insouciant, assis là avec moi, dans la lumière du soleil et riant souvent.

Il était encore froid avec Brady, ne le caressant pas, ne le récompensant jamais, reconnaissant à peine sa présence. J'étais tenté de dire quelque chose, mais je ne voulais pas gâcher l'ambiance.

Donc, j'inclus Brady autant que je le pouvais, comme je le faisais avec Missy. Je n'insistai pas trop cependant. Je ne voulais pas qu'Isaac comprenne trop facilement mes attentes. Non, il ne pouvait pas voir, mais il était incroyablement perspicace et il n'était certainement pas stupide.

En tant que vétérinaire, je voyais parfois des actes odieux faits à l'encontre des animaux. Mais le sien n'était certainement pas un genre de délit physique et je ne savais pas trop comment le classer. Brady était en parfaite santé, très bien soigné et avait droit à une alimentation de bien meilleure qualité que la plupart des humains. Mais son propriétaire, son partenaire humain dans leur dynamique ne montrait aucune affection, aucune appréciation.

Et Isaac n'était pas insensible. Il n'était pas un salaud avec de la glace dans les veines. Pas du tout. Loin de là. Ainsi, alors qu'il s'était lui-même coupé de tout attachement émotionnel avec Brady pour éviter d'avoir à souffrir ou de ressentir du chagrin, je me demandais juste à quel point c'était futile.

Parce qu'il l'aimait. Je le savais. C'était là, juste sous la surface. Je suppose qu'il essayait juste de se convaincre que s'il ne montrait pas son affection pour Brady, cela lui permettrait de ne rien ressentir.

Alors, bien que je sois tenté de dire quelque chose, je ne le fis pas. Je passais une excellente journée. En vérité, c'était le meilleur premier rendez-vous – si c'était bien ça – que j'avais eu depuis très longtemps. Je ne voulais pas prendre le risque de le mettre en colère. Je voulais rester ici tout l'après-midi.

Mais, malheureusement, le temps ne voulut pas coopérer.

— Nous allons devoir bientôt rentrer, lui dis-je.

Puis, il fit quelque chose d'étrange. Il vérifia l'heure sur sa montre. J'avais vu qu'il en portait une, mais très stupidement, je n'y avais pas fait plus attention que ça. Tout le monde portait des montres oui, mais tout le monde n'était pas aveugle. Il ne la regardait pas, bien sûr, mais il la tâtonnait.

— Quel genre de montre est-ce ?

— Une montre en Braille.

Puis il releva le couvercle en verre du cadran et passa son doigt dessus.

— C'est ainsi que je peux lire l'heure, dit-il. Voulez-vous la voir ?

— Bien sûr.

Il tendit son bras, me l'offrant pour ainsi dire et je le pris. Je passai mes doigts autour de son poignet pour regarder sa montre. Je ne pourrais vraisemblablement pas vous dire à quoi elle ressemblait. Je pense qu'elle était bleue ou argentée, avec des pointes surélevées à la place des chiffres. Enfin, je pense que c'est ainsi que je peux la décrire. Parce que, dès que j'eus sa main dans la mienne, j'oubliai tout ce que je devais faire.

Tout ce à quoi je pouvais penser était que je tenais sa main.

Je le touchais. Et je sus dès lors que je voulais le faire à nouveau. Et que je désirais qu'il me touche également.

Je voulais faire tout un tas de choses avec lui.

Je voulais parler avec lui de n'importe quoi. Je voulais le voir utiliser ses mains pour expliquer quelque chose lorsqu'il parlait avec tant de passion de son travail. Je voulais le faire rire. Je voulais tenir sa main, le toucher. Je voulais savoir ce qu'il ressentait, sous mes caresses, contre moi.

Je voulais apprendre à mieux le connaître.

Je voulais qu'il me connaisse.

Je voulais le comprendre.

Je voulais me glisser sous sa peau.

Tout comme lui sous la mienne.

— Carter ?

— Hmm, ouais ?

Je le regardai, puis ma main tenant toujours la sienne.

— Oh !

Je la relâchai.

— Il y a une tempête qui arrive, dis-je en changeant de sujet.

Isaac se racla la gorge.

— Oui, le vent a tourné.

Je jetai un coup d'œil au parc, aux arbres qui s'agitaient, aux feuilles qui roulaient dans l'herbe.

— Oui, nous ferions mieux de rentrer.

Je ramassai les gamelles d'eau, les restes de nourriture pour les chiens et les remis dans mon sac à dos pendant qu'Isaac harnachait Brady.

— Venez, nous allons prendre un raccourci à travers le parc.

Comme nous repartions, je réalisai que le chemin que j'avais choisi n'était pas tout à fait plat.

— Il y a une petite pente ici et quelques arbres.

— Oui...

Isaac hésita, puis il tendit sa main libre et la posa sur mon bras avant de la glisser sur mon avant-bras, m'utilisant comme guide.

— Est-ce d'accord ?

Il avait l'air un peu content de lui et je souris.

— Oui, bien sûr.

J'étais sûr qu'il n'avait pas besoin de mes conseils : il avait Brady après tout, mais je n'allais certainement pas refuser. Et j'étais pratiquement certain qu'il n'avait pas besoin de laisser sa main posée là pendant tout le chemin de retour, mais il le fit. Et je souris tout au long du trajet.

Lorsque nous arrivâmes chez Isaac, Hannah offrit d'emmener les deux chiens dans la cour avec elle. Elle allait finir de s'occuper de la lessive nous indiqua-t-elle. Mais elle nous dévisagea l'un après l'autre et me sourit avant de se précipiter vers la cuisine avec Missy et Brady, nous laissant seuls.

— Puis-je vous proposer un verre ? demanda Isaac, en se dirigeant vers le frigo. Une boisson froide, un soda, du café, de l'eau ?

Je fis courir ma main dans mes cheveux.

— Hmm, peut-être plus tard, dis-je, réalisant que cela impliquait que j'allais rester. Écoutez, Isaac... commençai-je et il s'arrêta pour revenir et contourner le comptoir afin de se tenir près de moi.

D'après l'expression de son visage, je pouvais comprendre qu'il s'attendait à ce que je lui dise au revoir.

— ... J'ai vraiment passé un agréable moment aujourd'-hui, ajoutai-je tranquillement.

Il baissa son visage vers le sol entre nous.

— Mais ?

Il s'attendait à ce que je dise merci, mais non merci et sa déception était visible. Ce qui indiquait qu'il m'appréciait. Je souris, mais avant que je puisse répondre, il reprit la parole.

— Mais je suis quoi ? demanda-t-il fermement. Pas votre genre ? Trop pris par mon travail ? Trop aveugle ?

Et nous y revoilà. Son mauvais caractère. Sa tactique je-vais-vous-blesser-avant-que-vous-ne-le-fassiez.

Je souris en secouant la tête.

— Non, Isaac, répondis-je doucement, posant ma main sur son bras. J'allais dire que j'ai passé un très bon moment aujourd'hui *et* – c'est un « et » et non pas un « mais » – *et* j'aimerais que nous le refassions.

— Oh !

— Ouais, donc arrêtez avec votre foutue attitude glaciale, d'accord ? lui demandai-je avec un sourire. Du moins jusqu'au deuxième rendez-vous, compris ?

Ses lèvres esquissèrent un pâle sourire.

— Ma foutue attitude ?

Je ris, tout en gardant délibérément ma main sur son bras, je m'avançai un peu plus près de lui et parlai d'un ton plus bas.

— Oui, celle que vous prenez pour repousser les gens.

Il pouvait sentir que je m'étais rapproché de lui. Il garda son visage rivé vers le sol, mais ses joues se teintèrent de rose et il déglutit.

— Je ne veux pas repousser les gens, dit-il doucement.

— Isaac… répondis-je en murmurant.

Je me tenais tout contre lui maintenant. Je pouvais presque respirer ses mots.

— Ne me repoussez pas.

Il ne répondit pas par des paroles, mais secoua la tête juste une fois. Je pouvais voir sa poitrine monter et descendre plus rapidement alors qu'il respirait nerveuse-ment. Mais il ne s'éloigna pas, donc, je caressai lentement son bras.

— Est-ce d'accord ? chuchotai-je.

Il hocha la tête.

J'avançai mes pieds, les calant tout contre les siens, rapprochant davantage nos corps et mon autre main toucha son autre bras.

— Est-ce d'accord ?

Il hocha de nouveau la tête.

Je me léchai les lèvres. Je voulais l'embrasser. Je voulais découvrir comment étaient ses lèvres, quel était leur goût.

— Isaac, murmurai-je. Puis-je vous embrasser ?

Il déglutit difficilement et, après une longue seconde, il hocha la tête. Il pouvait sentir mes mains sur lui tout le temps si bien que je les montai lentement, de ses bras à son cou, puis à sa mâchoire. Je pris son visage en coupe, relevai son menton et lentement, très lentement, fermai les yeux tandis que je me penchais pour l'embrasser.

— Putain de merde ! s'écria Hannah à côté de nous, dans la cuisine.

Elle avait un panier à linge sous le bras. Isaac et moi fîmes instinctivement un pas en arrière, chacun de notre côté et même si j'étais déçu et me sentais embarrassé, je me retrouvais à sourire devant la maladresse d'Hannah. Elle avait encore le panier à linge dans les mains, mais elle était tournée maintenant face au réfrigérateur.

— Oh, merde ! dit-elle. J'ai tout fichu en l'air, n'est-ce pas ? Merde, merde, merde ! Je suis désolée.

— Tu tombes toujours au mauvais moment, marmonna Isaac et je pouvais presque l'imaginer la fusillant du regard derrière ses lunettes de soleil.

Je me mis à rire.

— C'est bon, Hannah.

Isaac tourna brusquement son visage vers moi avec une expression qui indiquait clairement *putain, comment peux-tu dire ça ?* Je ris à nouveau.

— Non, ce n'est pas bon, dit rapidement Hannah qui commença à s'éloigner de la pièce. Oh, Seigneur, je suis désolée. Je suis juste entrée. Je n'étais même pas concentrée sur l'endroit où j'allais et je suis juste arrivée là et alors que vous étiez sur le point de... Oh, Seigneur, je suis tellement gênée.

Elle mima des lèvres *je suis désolée, je suis désolée*, alors qu'elle quittait la cuisine et, sur un dernier petit sourire d'excuse, elle sortit.

— Eh bien, elle a tout gâché, marmonna Isaac, le visage baissé vers le sol.

Je me mis à rire et sans l'ombre d'une hésitation, je m'avançai en face de lui, repris son visage dans la coupe de mes mains et l'embrassai.

Il se figea pendant un bref instant, mais lorsque je bougeai mes lèvres contre les siennes, il céda et commença à me rendre mon baiser. C'était un premier baiser, doux, gentil et lent. Ses lèvres étaient chaudes et humides et ses mains se posèrent sur ma taille. Je ne cherchai pas à approfondir le baiser, mais tenais son visage et remuai mes lèvres, le gardant délibérément doux.

Cela me coupa le souffle.

Je reculai lentement, éloignant mes lèvres des siennes, gardant nos visages proches. Je pouvais voir à travers les verres foncés de ses lunettes qu'il avait les yeux fermés. Ses lèvres étaient entrouvertes et luisantes, ses mains empoignaient maintenant ma chemise sur mes côtés et il respirait difficilement.

Je souris.

— Est-ce que ça va ?

Isaac se lécha les lèvres et hocha la tête, mais il avait toujours l'air un peu hébété. Il lâcha ma chemise, mais j'attrapai sa main.

— Avez-vous envie de vous asseoir sur le canapé ? demandai-je.

Il hocha de nouveau la tête, alors, tenant toujours sa

main, je le guidai vers le salon et tandis que nous nous asseyions, Hannah appela de la véranda.

— Puis-je entrer ?

Isaac gémit et je ris en lui répondant.

— Oui, Hannah, c'est bon. Nous sommes dans le salon.

— Il y a une tempête qui se lève, nous dit-elle alors qu'elle entrait dans la pièce avec Missy et Brady à ses côtés. J'ai ramené ces deux-là à l'intérieur. Je vais partir maintenant, d'accord ?

— C'est très bien, merci, déclara Isaac.

— Carter, restez-vous un peu plus longtemps ? demanda-t-elle.

Ce n'était pas par curiosité, son souci premier concernait son frère.

— Oui, je vais rester un petit moment encore, répondis-je.

Puis elle baissa son regard sur la main d'Isaac, toujours liée à la mienne et sourit.

— D'accord, c'est parfait, dit-elle, tremblant presque d'excitation.

Elle fit une bizarre petite danse de la victoire et, souriant toujours, saisit son sac sur le comptoir de la cuisine.

— Très bien, Isaac, le dîner est dans le frigo et ton ordinateur en Braille est sur la table basse. Je t'appelle demain.

Et avec un autre sourire radieux et un petit geste heureux de la main, elle disparut.

Isaac gémit et soupira, mais il souriait.

— A-t-elle fait son tortillement bizarre qui ressemble vaguement à une danse ?

Je repliai ma jambe sous mon autre cuisse et tournai mon corps vers lui tandis que je me positionnais face à lui.

— Deux fois, dis-je en riant.

— Humph... grogna-t-il à nouveau en riant et en se penchant vers moi.

Je relevai son visage de mes mains et l'embrassai de nouveau. J'étais parfaitement conscient que nous étions enfin seuls.

— Alors, Isaac, que voulez-vous faire ?

CHAPITRE SEPT

SCRABBLE.

Pas exactement ce que j'avais à l'esprit lorsque je lui avais demandé ce qu'il voulait faire, mais après qu'il m'ait embrassé à perdre haleine et que je lui ai rendu la pareille, nous avions besoin de ralentir un peu. Si nous avions continué, nous nous serions rapidement retrouvés tous les deux bouillants, à bout de souffle et collants, ou prenant des inspirations profondes, assis dans des canapés opposés. Donc, nous avions choisi l'option la plus sûre et la moins salissante.

Embrasser Isaac ou être embrassé par lui était merveilleux, mais c'était beaucoup trop et trop tôt. Donc, si me retrouver assis dans le canapé en face de lui tandis qu'il me bottait le cul au Scrabble était la manière dont nous allions passer la fin d'après-midi, eh bien tant mieux. Les chiens dormaient sur le tapis près de nous alors que la pluie tombait à l'extérieur.

Je ne savais même pas qu'il y avait des jeux de Scrabble spéciaux pour les aveugles. Le Monopoly aussi apparemment, ainsi que des cartes et des dominos. Peut-être que j'aurais eu plus de chance avec un autre jeu, parce que là, il me ridiculisait totalement au Scrabble.

— Bon sang, que veut dire ce genre de mot « muzjiks » ? me plaignis-je. Ce n'est même pas un mot !

— Ça l'est !

— Pouvez-le ! le défiai-je. Utilisez-le dans une phrase.

Isaac leva une main.

— Attendez ici, dit-il et il sortit de la pièce. Moins d'une minute plus tard, il revint, se rassit et me tendit un dictionnaire.

Je le pris et le regardai, incrédule.

— Vous savez, vous avez plutôt une bonne vision d'ensemble pour un aveugle.

Il se mit à rire.

— Il vous suffit de regarder la définition du mot.

Je remarquai une étiquette en Braille sur la couverture du livre, mais le dictionnaire en lui-même était fait de mots imprimés. Je l'ouvris à la lettre « M ». Bon sang ! Muzjiks : paysans russes. Bien sûr que c'était un mot ! Merde ! Un mot à cent vingt-huit points.

— Vous voulez ma mort ou quoi ?

Isaac se mit à rire.

— Demain, nous jouerons au Monopoly et je vais vous botter le cul.

La bouche souriante d'Isaac se mit à béer.

— Vous feriez ça à un aveugle ?

Je me mis à rire.

— Après la raclée que vous m'avez mise aujourd'hui, ce ne serait que justice.

Il m'adressa un petit sourire hésitant.

— Demain ?

Je me levai, contournai la table basse et m'assis à côté de lui afin de lui faire face et pris de nouveau sa main.

— J'aimerais bien, dis-je. Si le temps le permet, nous pourrions retourner au parc, ou tout simplement aller faire une promenade et, s'il pleut toujours, je suis sûr que nous pourrons trouver quelque chose à faire à l'intérieur.

Isaac était totalement figé si bien que je ne savais pas comment il avait interprété mes mots ou ce qu'ils impliquaient.

— Oh, je ne voulais pas dire ça comme ça, ajoutai-je rapidement. Je ne voulais pas proposer *ce* genre d'activités d'intérieur.

Isaac se mordit la lèvre et retira sa main de la mienne.

— Carter, il y a quelque chose que vous devez savoir.

J'attendis qu'il continue mais lorsqu'il ne le fit pas, je le poussai.

— Qu'est-ce que c'est ?

— Je... euh... commença-t-il, puis il se racla la gorge, essuyant les paumes de ses mains sur ses cuisses. Je... euh... Je n'ai jamais fait quelque chose de vraiment... avec un homme... avec qui que ce soit devrais-je dire... Je n'ai jamais... Eh bien... Je n'ai jamais été *intime*...

Lorsqu'il m'avait dit que son dernier petit ami datait de l'école secondaire, c'était ce que j'avais présumé. Je pris la main qu'il avait posée sur sa jambe et la serrai.

— Isaac, je ne m'inquiète pas de ça. Je vous apprécie... beaucoup. J'aime passer du temps avec vous. Nous pouvons aller aussi vite ou aussi lentement que vous le souhaitez.

Une couleur pâle apparut sur ses joues.

— Oh !

Je souris, mais pensais que si nous devions nous montrer honnêtes, c'était à mon tour.

— Il y a quelque chose que vous devez savoir sur moi, dis-je. Mon ami Mark pense que je suis une honte pour tous les gays du pays.

— Euh... Pourquoi ?

— Parce que je suis seulement... Eh bien, je suis seulement intime avec les hommes avec lesquels j'ai une relation. Je ne saute pas dans le lit de n'importe qui. Je prends les choses lentement.

— Oh !

Je me mis à rire, un peu gêné.

— Et j'aimerais bien apprendre à vous connaître un peu mieux, ajoutai-je. Est-ce d'accord ?

Ses longs doigts jouèrent sur ma main, mes doigts, mon pouce.

— Euh... bien sûr... Je suppose.

— Je peux venir demain ? demandai-je toujours incertain. Nous pouvons simplement rester là à nous détendre, si vous voulez. Nous n'avons pas à faire quoi que ce soit.

Ses doigts se figèrent sur ma main.

— Je le veux, dit-il doucement. Je veux faire des choses, admit-il, alors qu'une vive rougeur envahissait ses joues.

Je souris, mais je voulais voir tout son visage. Je voulais le voir, lui. Je m'avançai plus près, posant une main sur sa jambe, l'autre tenant toujours la sienne.

— Isaac, puis-je demander quelque chose ?

Il hocha la tête.

— Pouvez-vous retirer vos lunettes ? demandai-je doucement. Je voudrais vous voir.

Il se figea, mais je serrai sa main et lui laissai le temps.

— Je les retire rarement devant d'autres personnes, dit-il finalement.

Je pensai pendant une seconde qu'il allait refuser. Mais, il libéra sa main de la mienne et la porta lentement à son visage. Il retira ses lunettes, mais garda la tête baissée et les yeux fermés.

Après lui avoir laissé une seconde, je relevai doucement son visage et embrassai sa joue.

Puis, il ouvrit les yeux.

Je dus retenir un hoquet de surprise. Oh, mon Dieu ! Je n'avais jamais vu des yeux comme les siens. Il attendait une sorte de réponse et je dus déglutir pour pouvoir parler. Même alors, ma voix n'était qu'un murmure.

— Tes yeux sont si bleus !

Il haussa les épaules.

— Ils sont inutiles.

Je pris son visage dans mes mains pour l'empêcher de baisser à nouveau la tête.

— Ils sont beaux.

Ses yeux paraissaient normaux, à l'exception de leur couleur bleue saisissante, mais ils avaient l'air... bien, harmonieux. Ils ne partaient pas dans des directions différentes et n'étaient pas déformés du tout. Je ne sais pas pourquoi je m'attendais à ce qu'ils le soient, mais ce n'était pas le cas. Ils étaient comme ils devaient être. Ils étaient superbes.

— Isaac, dis-je doucement. Ils ne sont pas inutiles, ils sont une partie de toi. Ils font que tu es toi.

Je savais que le fait de me les montrer était une grande preuve de confiance. J'embrassai son visage, ses joues, ses lèvres.

— Merci.

Il m'adressa un petit sourire hésitant mais franc, bien qu'il remette rapidement ses lunettes.

— Alors, et demain ?

— Demain... dis-je avec un sourire et une autre pression sur sa main. Demain, pourrais-je venir en milieu de matinée ? Et nous verrons à ce moment-là ce que nous pourrons faire.

Isaac sourit.

— Ça me semble parfait.

ET *C'ÉTAIT* BON. Il pleuvait toujours un peu dans la matinée, donc nous restâmes à l'intérieur. Isaac me fit visiter le reste de sa maison. Il me montra quelques-uns de ses livres, essaya et échoua lamentablement de m'enseigner quelques signes en Braille et nous nous embrassâmes un peu plus. Dans l'après-midi, le soleil était revenu donc nous allâmes nous promener, non pas au parc, mais dans les environs.

Le temps s'écoulait à la vitesse de la lumière lorsque j'étais avec lui. Et en milieu d'après-midi – déjeuner terminé, chiens promenés – nous finîmes par revenir sur son canapé, un peu excités. J'essayai de ne pas me laisser emporter. Je savais que c'était tout nouveau pour lui, mais quand il me serra contre lui et qu'il dégusta ma langue avec la sienne en gémissant doucement, je faillis perdre mon sang-froid.

J'essayai de ne pas prendre les commandes, le laissant faire les choses à son rythme.

C'était juste que je ne m'attendais pas à ce qu'il avance aussi vite. Oui, il n'y connaissait pas grand-chose, mais il apprenait très vite. Ce fut moi qui dû le faire ralentir, bien que tout mon corps se mette à protester.

Le mardi soir, après le travail, lorsque je vins lui rendre visite, nous finîmes par sortir et le jeudi, lorsque j'arrivai pour le rendez-vous hebdomadaire de Brady, nous avons fini par nous embrasser. Seulement, à chaque fois, c'était un peu plus, ça allait un peu plus loin. Il m'embrassait un peu plus profondément, un peu plus fort, ses mains me serraient un peu plus, exploraient plus loin.

Je n'étais pas opposé à cela, pas du tout, mais tous ces petits progrès me laissaient avec un corps douloureux.

Et il le savait. Il pouvait le sentir à quel point j'étais dur tout comme je pouvais également voir qu'il avait une érection. Mais il n'était pas prêt pour cela. Et autant cela me tuait, autant je ne voulais pas le pousser trop loin. Mais, mon Dieu, il répondait tellement bien !

Il réagissait à chaque caresse, chaque baiser. Non pas parce que tout cela était nouveau pour lui, réalisai-je, mais parce que ses sens étaient tellement exacerbés. Si je le touchais, il avait la chair de poule. Si je murmurais de petits riens à son oreille, il frissonnait. Si j'étais étendu sur lui sur le canapé pour l'embrasser, tout son corps fondait.

Mais cela ne faisait que quelques semaines et c'était bien trop tôt. Peut-être pas pour les autres gens, peut-être pas pour d'autres hommes, mais ça l'était pour Isaac, pour nous. J'avais besoin de ralentir et de freiner. Je m'éloignai de lui, laissant mes doigts retracer les contours de son visage et déposai un petit baiser sur ses lèvres, une fois, deux fois.

— Je devrais y aller.

Ses yeux étaient fermés, ses lunettes sur la table basse, ses mains me tenant toujours et il soupira.

— Hey, dis-je doucement. Je dois rentrer à la maison pour m'occuper de Missy.

Il hocha la tête, mais je pouvais voir qu'il n'était pas heureux.

Je m'assis et je le tirai vers moi pour qu'il s'asseye également.

— Et pour être honnête, Isaac, tu me tues là, ajoutais-je en riant.

— Oh ! marmonna-t-il. Je suis désolé.

— Ne le sois pas. Ne le sois jamais. Isaac, tu es incroyablement sexy et intelligent et je t'apprécie vraiment beaucoup.

— Alors pourquoi pars-tu ?

— Tu n'es pas prêt. Je veux rester. Seigneur, je le veux vraiment. Bon sang, la manière dont tu m'embrasses…

Je pris une profonde inspiration.

— Mais tu n'es pas prêt, Isaac et je ne veux pas te pousser trop loin. Je ne veux pas te presser et gâcher ce que nous avons.

Il sourit, enfin essaya.

— Donc… euh… ce week-end… ?

— Nous pourrions sortir ? suggérai-je. Pour le déjeuner ou le dîner ?

— Vraiment ?

— Oui, vraiment.

— Comme dans… pour un rendez-vous ?

Je me mis à rire.

— Je pensais que nous avions dépassé ce stade.

Il sourit et baissa la tête. C'était adorable. Je pris sa main et le remis sur ses pieds.

— Allez, tu peux me raccompagner et m'embrasser devant la porte comme un véritable gentleman.

Il n'y avait rien d'un gentleman dans sa manière de m'enlacer, ça c'était certain. Il m'embrassa jusqu'à ce que je me retrouve bloqué par la porte et que ma tête se mette à tourner. J'appelai Missy dans un état second et, une fois arrivé chez moi, j'eus à peine le temps de refermer la porte d'entrée avant de me déshabiller et de me précipiter dans la douche pour trouver un soulagement.

JE RENCONTRAI le mari de Hannah, Carlos le samedi lorsque je vins chercher Isaac pour déjeuner. C'était un homme très gentil, grand, calme et souriant à sa femme avec adoration à chaque fois qu'elle riait. Et déjeuner avec eux fut amusant. Le sens de l'humour d'Hannah, ses histoires, ses plaisanteries et même ses expressions faciales me firent sourire tout le temps. Je retrouvais tellement Isaac en elle et vice-versa, bien qu'il soit beaucoup plus grave qu'elle et que j'avais eu droit à de brefs aperçus de son sens de l'humour.

Hannah était évidemment contente que je passe du temps avec son frère. Elle tenta d'utiliser sa tactique d'échange de notes pour m'écrire quelques mots, mais bien entendu, Isaac s'en rendit compte.

Elle dressait une liste sur un bout de papier, de choses dont elle aurait besoin pour la semaine suivante et sur l'autre, elle m'écrivit : *vous traite-t-il correctement ?*

Aussi discrètement que je le pouvais, je lui fis un signe de tête. Puis elle nota : *ne le laissez pas agir comme un trou du cul.*

Isaac posa son verre.

— Oh, Hannah, arrête d'écrire ces fichues notes et dis simplement les choses à haute voix.

Elle écarquilla les yeux en me regardant, bouche bée, alors que Carlos et moi éclations de rire.

— Ouais, il reconnait même votre manière d'écrire des notes apparemment, lui dis-je.

Isaac soupira.

— Je suis aveugle, pas stupide.

Bon sang ! jappa Hannah. Je ne peux même plus parler derrière ton dos !

Isaac sourit d'un air suffisant. Il prit une gorgée de sa boisson.

— Alors, que disait ta note ?

Hannah poussa un soupir exagéré.

— Je disais à Carter de ne pas te laisser agir comme un trou du cul, dit-elle sèchement. Mais... Ooops... Trop tard !

Je me mis à rire et Isaac tourna son visage vers moi.

— Quelque chose de drôle ?

— Oui, absolument ! répondis-je, sachant qu'il entendrait le sourire dans ma voix. Vous êtes très drôles, tous les deux.

Hannah glissa son bras autour de la taille de Carlos et sourit.

— Alors, que faites-vous tous les deux cet après-midi ?

— Je pensais que nous pourrions faire une promenade, dis-je. Puis sortir pour dîner.

Son visage s'illumina.

— Où ?

— Je ne sais pas, admis-je. Isaac, que préfères-tu ? Italien, Thaï, Chinois, hamburgers ?

— Hmm...

Il prit un air pensif.

— Italien.

Je regardai Hannah et Carlos.

— Italien donc.

Elle me sourit chaleureusement, puis se retourna vers son frère.

— Bien, nous allons partir et vous laisser les garçons.

Puis elle verrouilla son regard sur le mien.

— Et souvenez-vous, ne le laissez pas agir comme un trou du cul.

Elle embrassa Isaac sur la joue et m'adressa un autre sourire. Carlos me serra la main.

— Ravi de vous avoir enfin rencontré, dit-il avant de partir.

Une fois qu'ils furent partis, je dis à Isaac que je trouvais que Carlos était quelqu'un de sympa.

— Il l'est, acquiesça-t-il avant de repousser doucement son assiette sale loin de lui. Je suis désolé pour l'attitude d'Hannah cependant. Elle dit n'importe quoi et elle m'a traité de trou du cul.

Je souris, me penchai et embrassai sa joue.

— Ne t'excuse pas. Il se trouve que j'aime vraiment le cul.

Sa bouche se mit à béer et il prit une teinte d'un rouge profond.

— Allez, lève-toi. Je vais faire la vaisselle et tu vas essuyer.

Il secoua la tête, incrédule.

— Je ne peux pas croire que tu viennes de dire ça !

— Quoi ? Que tu allais essuyer les assiettes ? Ce n'est que justice, Isaac.

Il rougit à nouveau et se mordit la lèvre.

— Ce n'est pas de ça que je parle et tu le sais très bien.

Je déposai les assiettes dans l'évier en riant.

— Ouais, je sais. La prochaine fois, je demanderai à Hannah de te traiter de bite parce que j'aime beaucoup ça aussi.

Isaac s'esclaffa.

— Carter !

Je pris son menton entre mon pouce et mon index avec un sourire aux lèvres et je l'embrassai.

— Était-ce trop grossier pour toi ?

— Non, je ne pense pas, répondit-il en souriant. C'était juste inattendu.

Lorsque j'essayai de reculer vers l'évier, il posa sa main sur mon bras pour m'arrêter.

— Carter...

— Qu'y a-t-il Isaac ?

— Euh... J'ai réfléchi et je sais que tu penses que je ne suis pas prêt pour quelque chose de trop physique...

Ses mots moururent dans sa gorge. Je pouvais voir qu'il était embarrassé, donc je me penchai tout contre lui pour parler doucement à son oreille.

— Oui.

Il déglutit difficilement.

— Eh bien, je pense que je le suis.

— Prêt à quoi ?

— Plus.

Je reculai pour regarder son visage.

— Isaac, es-tu en train de me dire que tu veux...

— Pas pour le sexe, dit-il rapidement. Mais pour d'autres choses...

Je retins un gémissement. Merde ! Ma volonté, en étant si près de lui, déclinait rapidement.

— Isaac...

— Je ne vais pas supplier, dit-il d'un ton bourru.

Puis il posa ses mains sur mes hanches et me plaqua contre son corps.

— Mais je sais que tu le veux. Je peux le sentir.

Oh, merde !

— Je ne vais jamais te faire supplier, murmurai-je avant de l'embrasser... sauvagement.

Mes mains étaient sur son visage, dans ses cheveux, sur son dos, sur son cul. Je le poussai doucement contre le comptoir, me pressant contre lui, sans jamais rompre le baiser.

Il avait une érection.

Et je ne pouvais m'en empêcher. Je glissai une main entre nous et empoignai son membre à travers son jean. Il gémit contre ma bouche et poussa ses hanches dans ma main. Il avait besoin de plus.

— Et moi aussi.

Avec des mains maladroites, je déboutonnai son jean et en glissai une sous la ceinture de son caleçon, sentant sa peau et enveloppai mes doigts autour de lui. Il se figea. Puis il frissonna et gémit.

Je l'embrassai plus profondément, plongeant ma langue dans sa bouche. Je resserrai ma main sur lui, le pompant du mieux que je pouvais. Il gémit et son corps sursauta contre moi, puis ses genoux cédèrent et avec un grognement guttural, il jouit.

Sa tête retomba et son sperme chaud et épais jaillit sur sa chemise et ma main, jusqu'à ce qu'il s'effondre en avant, pris de tremblements, tombant contre moi.

— Seigneur, Isaac ! Ça va ?

— Hmm, très bien, marmonna-t-il contre mon cou.

Je passai mon autre main autour de son cou et le tins contre moi.

— Merde, Isaac. Je voulais que ta première fois soit quelque chose de spécial.

Je me mis à rire.

— Enfin, tu vois ce que je veux dire.

Je reculai et regardai les dégâts.

— Allez, viens. Tu as besoin d'être nettoyé.

Je le pris par la main et nous traversâmes le salon, puis l'entrée et nous dirigeâmes vers les chambres.

— Laquelle de ces pièces est ta chambre ?

— Dernière porte au bout du couloir, répondit-il.

Sa chambre était immense, comme tout le reste de la maison. Le grand lit avait un cadre en bois sombre qui était paré d'un couvre-lit doré et bleu marine, avec beaucoup d'oreillers.

Il y avait deux portes le long d'un mur. Je pouvais distinguer une salle de bain par l'entrebâillement de l'une d'elle, donc, tenant toujours sa main, je nous dirigeai vers la petite pièce.

— Si tu me dis où trouver un gant de toilette, je vais aller en chercher un pendant que tu te déshabilles, suggérai-je. Où as-tu juste envie de prendre une douche ?

Il hésita une seconde.

— Si je prends une douche...

Il se racla la gorge.

— ... Veux-tu te joindre à moi ?

Seigneur !

— Euh...

— Ce serait plus juste, ajouta-t-il doucement.

— Plus juste ?

— Que je te retourne la faveur.

Oh, mon Dieu !

— Isaac, je ne m'attends pas à ce que tu le fasses.

— Je veux le faire pour toi.

Je tendis la main et touchai doucement son visage, puis me penchai et embrassai lentement ses lèvres. Je retirai ses lunettes.

— J'aime l'eau très chaude.

Il sourit.

— Bien, moi aussi.

Je l'aidai à retirer sa chemise tachée de sperme et le regardai pendant qu'il repoussait son jean sur ses jambes, me montrant son érection encore semi-rigide tenter de se redresser. Elle me mit l'eau à la bouche.

— Oh, mon Dieu ! marmonnai-je.

Puis, je me souvins alors que je devais me déshabiller également. Je retirai rapidement mon tee-shirt, mes chaussures et lorsque je baissai mon pantalon, je gémis pratiquement de soulagement.

J'étais tellement dur et il était si beau. Il avait un corps fin et ferme, une peau pâle avec quelques touffes de poils noirs à tous les bons endroits. Alors qu'il se penchait dans la douche pour ouvrir le robinet d'eau, j'admirai ses muscles rouler sous sa peau, la façon dont ses côtes et ses abdominaux se tendaient.

Puis, il se glissa sous l'eau et ce fut pire. Ou mieux. Parce qu'il était chaud et humide. La façon dont l'eau coulait sur lui pour le laver... Seigneur, ça allait être tellement rapide que j'en étais gêné d'avance.

— Carter ?

— Ouais, dis-je d'une voix rauque. J'admirais la vue.

Il inclina la tête sur le côté, ne paraissant pas comprendre ce que je voulais dire.

— Toi, Isaac, expliquai-je en entrant dans la douche. Je t'admirais.

— Oh !

Dès que je me glissai près de lui, ce fut différent. Ce n'était pas spontané, frénétique, comme la branlette que nous avions eue dans la cuisine. C'était calculé et délibéré. Soudain, je me sentis nerveux.

Tout comme lui.

— Je n'ai jamais fait ça auparavant.

Je posai mes mains sur sa poitrine, son cou et pris son visage. Je l'embrassai lentement, doucement, sous l'eau fumante. Je baisai le bas de sa mâchoire, puis remontai jusqu'à son oreille.

— Il te suffit de faire comme tu le sens.

Puis ses mains furent sur moi, sur mes côtés, ma taille, mon estomac, mais il semblait hésiter à aller plus bas. Je posai ma main sur la sienne.

— Es-tu sûr ? lui demandai-je.

Il hocha la tête.

— Oui, murmura-t-il.

Donc, avec mes doigts noués aux siens, je les fis glisser plus bas et enveloppai sa main autour de mon membre, nous faisant haleter tous les deux.

— Oh, mon Dieu ! murmura-t-il, ses lèvres humides frôlant ma peau tandis que sa main bougeait plus rapidement. Tu es si chaud… et si dur.

Il me caressa plus durement, resserrant ses doigts.

Son toucher, ses lèvres, sa main, ses paroles… Et j'explosai.

— Merde ! gémis-je alors qu'un éclair de plaisir me traversait et que je jouissais sur Isaac en jets épais.

Je maintins mon équilibre en posant mes mains sur les murs carrelés et il se pressa contre moi, continuant de me pomper et l'ensemble de la pièce disparu.

M'appuyant contre le mur de la douche, Isaac embrassa mon cou et mes épaules, jusqu'à ce que la brume de mon orgasme libère mon cerveau. Mais même à travers le brouillard qui emplissait mon esprit, je pouvais sentir qu'il était à nouveau dur alors qu'il se plaquait contre moi.

Alors, cette fois, tandis que je reprenais mon souffle, j'y allai lentement. Je le savonnai et le rinçai, caressant chaque centimètre de son corps. Il n'y avait pas d'urgence, pas comme la première fois dans la cuisine. Je pris mon temps, profitant de chaque caresse que je lui offrais, le savourant. J'embrassai et pinçai son cou, sa mâchoire, ses oreilles. Il poussait volontairement son sexe dans mon poing, gémissant lorsque je pris ses bourses dans mon autre main et il retint son orgasme aussi longtemps qu'il le put.

Lorsqu'il ne put en supporter plus, tout son corps se mit à trembler et il cria en jouissant. C'était magnifique à regarder.

Je coupai l'eau et séchai Isaac avec une serviette. Il était complètement et délicieusement épuisé. Donc je me séchai rapidement et me penchai pour l'embrasser.

— Comment était-ce ? Tu te sens bien ?

Isaac m'adressa un sourire béat.

— Je me sens bien.

Je me mis à rire.

— Que dirais-tu que nous nous habillons et nous allongions un peu sur le canapé comme des légumes ?

— Ça m'a l'air bien.

— Et Isaac ?

— Ouais ?

— Juste pour que tu le saches, normalement, je ne jouis pas aussi vite, mais j'étais déjà tellement excité et puis la façon dont tu m'as parlé...

Son visage s'inclina vers moi.

— Était-ce mauvais ?

— Oh, non, dis-je en riant. C'était très bon.

Il me fit un autre sourire béat.

— Et Isaac ?

— Ouais ?

Je l'embrassai doucement.

— Pour ce que ça vaut, je suis heureux que tu te sentes prêt.

LE DÎNER FUT INTÉRESSANT. Il y avait un petit café italien qu'il connaissait bien, pas trop loin de chez Isaac et j'ai pensé qu'aller dans un endroit qui lui était déjà familier était l'idéal.

Le personnel qui était agréable, n'a pas sourcillé à la présence de Brady et personne ne sembla se soucier que deux hommes dînent ensemble. Je lui lus le plat du jour, nous avons commandé et commencé à parler.

Je n'avais jamais eu de rendez-vous avec une personne aveugle auparavant, mais ce n'était pas vraiment différent de n'importe quel autre rendez-vous. Excepté pour le chien guide qui était recroquevillé à nos pieds. Je mis un point d'honneur à ne rien commander avec des brocolis, ce à quoi Isaac sourit et je lui dis que le garçon avait posé son verre d'eau à onze heures, mais ce fut tout.

Nous avons simplement passé la soirée à manger de la bonne nourriture et à parler. Je lui posai les questions qui me dérangeaient depuis ces dernières semaines, mais que je ne m'étais jamais senties en droit de demander.

— Comme ? demanda prudemment Isaac.

— Eh bien, ton téléphone pour commencer ? C'est un écran tactile. Comment sais-tu où il faut appuyer ? Je t'ai vu répondre à ton portable, mais jamais composer le numéro de quelqu'un. Et j'ai vu un ordinateur portable avec tes affaires de travail. Comment sais-tu ce que tu tapes ou comment peux-tu lire si ce n'est pas en Braille ?

Isaac sourit devant mon avalanche de questions.

— Les iPhones ont une voix synthétique. Toutes mes commandes, messages, numéros sont activés par la voix. Mon ordinateur a un lecteur d'écran. Il peut lire n'importe quel texte, lettre, e-mail et mon clavier a un adaptateur en Braille. Nous avons un système d'étiquetage en Braille pour toutes les choses concernant la maison.

Je me souvins du dictionnaire et de son étiquette.

— Wow ! C'est étonnant.

Isaac sourit.

— Eh bien, la technologie rend les choses beaucoup plus faciles, forcément. Les différences entre l'époque où j'étais à l'école par rapport à ce que j'enseigne maintenant sont phénoménales.

— Je ne peux que l'imaginer, dis-je bien qu'à la vérité je ne pouvais pratiquement rien imaginer du tout.

Je ne pouvais même pas envisager ce que ce serait si je perdais la vision.

Avant que notre conversation prenne un tournant déprimant, je changeai de sujet.

— Au fait, le week-end prochain... Que fais-tu ?

Isaac posa sa fourchette.

— Euh... je ne sais pas, dit-il prudemment. Pourquoi ?

— Eh bien, Mark vient me rendre visite et il veut te rencontrer, lui rappelai-je. Et j'aimerais que tu fasses sa connaissance.

— Oh !

Il était clairement surpris.

— Euh...

— Je te promets qu'il se comportera correctement, ajoutai-je. Il arrivera vendredi soir et repartira dimanche après-midi, donc il va rester tout le week-end avec moi. Si tu acceptes de le rencontrer, au moins, je pourrais passer un peu de temps avec toi.

— Donc, si je refuse de faire sa connaissance, je ne passerai pas du tout de temps avec toi de tout le week-end ? demanda-t-il, ses lèvres faisant la moue. Essaies-tu de me faire chanter ?

Je me mis à rire.

— En effet. Ça marche ?

Il sourit.

— Peut-être.

— Nous pourrions venir samedi, si tu es d'accord ?

Il essaya de ne pas sourire.

— Peut-être.

— Essaies-tu de jouer à l'inaccessible ?

Il sourit.

— Peut-être.

Je ris.

— Eh bien, ça ne marchera pas. Après cet après-midi dans ta cuisine et dans ta douche, je sais que tu ne l'es pas.

Il eut un petit rire.

— Oui, d'ailleurs à ce sujet, dit-il en s'agitant sur son siège. Je pensais que c'était quelque chose sur lequel nous pourrions travailler à nouveau ce soir, dit-il en se mordant la lèvre.

Je jetai un rapide coup d'œil autour de nous afin de trouver un serveur. Je levai la main pour attirer son attention.

— L'addition s'il vous plaît.

Isaac se mit à rire.

CHAPITRE HUIT

MARK ARRIVA TARD chez moi le vendredi soir et nous passâmes la nuit affalés sur mes canapés – lui sur un, moi sur un autre – à boire de la bière et à parler.

Nous échangeâmes nos petites mésaventures de boulot, sur ce qu'il y avait de neuf, sur comment les choses se passaient pour tous les deux. Il me raconta tous les potins de Hartford, comme quoi c'était toujours les mêmes personnes, les mêmes conneries ennuyeuses, seuls les jours changeaient. Je lui parlai de la clinique vétérinaire, des gens et des animaux avec lesquels je travaillais et que j'avais rencontrés.

Ensuite, bien sûr, il me posa des questions sur Isaac.

Je souris en pensant à lui... quand je parlais de lui. Je ne pouvais m'en empêcher. Je dis à Mark que je l'avais vu à deux reprises au cours de la semaine, après le travail, le mardi et le jeudi et que j'étais resté jusque vers minuit les deux fois.

— Alors, dit Mark en souriant. Les choses ont-elles évolué jusqu'à la chambre ?

Je relevai les yeux et souris. Oui, c'était le cas. J'avais

offert à Isaac sa première pipe mardi soir et sa seconde jeudi soir et il m'avait rendu la pareille pour la première fois. Je regardai Mark, toujours en souriant.

— Je ne vais rien te dire du tout !

Mark me dévisagea, choqué, puis secoua la tête.

— Oh, mon Dieu. Tu apprécies vraiment ce gars.

Je souris. Ce n'était pas la peine de le nier.

— Ouais, vraiment.

Puis, je pointai ma bouteille de bière vers lui.

— Et tu ferais mieux de bien te comporter demain. Pas de plaisanteries grossières, pas de commentaires obscènes et aucune blague sur les aveugles.

Mark éclata de rire.

Je le lui rappelai dans la Jeep alors que nous étions en chemin pour aller chez Isaac, le samedi.

— S'il te plaît, sois gentil avec lui, dis-je en me garant. Je ne veux pas que tu gâches les choses entre lui et moi en agissant comme un crétin.

Il dessina silencieusement une croix sur son cœur, puis éclata de rire. Je le fusillai du regard et laissai Missy sauter de la Jeep. Elle courut droit devant, reniflant tout au long du chemin jusque vers la porte d'entrée et nous la suivîmes.

J'appuyai sur la sonnette et donnai un coup de coude à Mark.

— Sois gentil, murmurai-je.

Isaac ouvrit la porte, ayant l'air aussi magnifique que d'habitude. Il portait un bermuda et un polo onéreux, ses mocassins en cuir et ses lunettes de soleil de marque.

Il sourit.

— Hey !

— Salut, répondis-je, embrassant ses joues, faisant un pas à côté de lui et prenant sa main gauche.

Mark avait un énorme sourire et Isaac lui tendit la main.

— Vous devez être Mark ?

Mon ami prit rapidement la main tendue et la serra fermement.

— Oui, c'est bien moi. Vous êtes le fameux Isaac, celui dont je n'arrête pas d'entendre parler ?

Isaac sourit.

— Je suppose que c'est bien moi.

Il fit un pas de côté, invitant Mark à entrer et referma la porte derrièrc lui.

— Je vous en prie, entrez.

Isaac et moi ouvrîmes la marche, alors que je tenais toujours sa main. Je savais qu'il était nerveux et je voulais le rassurer. Mark nous suivit à la cuisine et se pencha sur le comptoir à côté de moi.

— Donc, dit Isaac. Puis-je vous offrir à boire ?

— Bien sûr, répondis-je.

Isaac libéra ma main et, lorsqu'il ouvrit la porte du réfrigérateur, demanda :

— Mark ? Voulez-vous quelque chose à boire ?

— Euh... ouais. Merci, répondit-il.

Puis il me regarda et formula les mots avec sa bouche « il n'a pas l'air aveugle ».

Isaac se figea et se retourna pour nous faire face.

— Y a-t-il un problème ?

Je souris. Son intuition était extraordinaire. Mark eut l'air étonné de voir qu'Isaac semblait toujours savoir lorsque nous parlions de lui, puis il agita bêtement sa main en l'air, comme pour vérifier si Isaac le voyait ou non.

Mark était beaucoup de choses. Je n'ai jamais dit qu'il était brillant.

Je secouai la tête et me moquai de lui.

— Non, tout va bien, Isaac. Mark ici fait des gestes stupides de la main pour voir si tu es vraiment aveugle.

Isaac se tourna vers le son de ma voix.

— Quel âge a-t-il ? Douze ans ?

— Parfois.

— Hey ! se défendit Mark. Je suis juste là !

Je me mis à rire et Isaac sourit alors qu'il sortait un grand pichet de thé glacé du frigo.

— Et ce n'était pas des gestes *stupides*, ronchonna Mark. C'était plus comme un... salut...

Isaac se moqua de lui.

— Cela avait l'air beaucoup plus intelligent dans votre tête, n'est-ce pas ?

Je me mis à rire et Mark hocha la tête.

— Eh bien, en fait, oui.

Isaac versa trois verres de thé glacé et Mark le regarda faire : comment ses longs doigts tâtonnaient sur le bord du verre, sa manière de positionner le pichet, comment il fit attention à ce que le bec soit bien dans le verre et comment il remplit les trois verres avec la même quantité, sans renverser une seule goutte. Je ne pus m'empêcher de sourire un peu fièrement.

— Est-ce que Missy est allée directement à l'arrière ? demanda Isaac.

— Ouais, elle est allée retrouver Brady, je suppose.

Isaac hocha la tête.

— Voulez-vous aller dans le jardin ? demanda-t-il. Nous pouvons nous asseoir dehors si vous préférez.

Je touchai son bras.

— Ça me paraît super.

Donc, nous allâmes nous asseoir à la table du patio, profitant de la magnifique journée d'été pendant que les chiens reniflaient partout et partaient en exploration.

Une fois assis, la conversation commença avec Isaac posant des questions à Mark.

— À part faire des signes de la main à des hommes aveugles, que faites-vous ?

Mark se mit à rire et les plaisanteries fusèrent entre eux. Isaac était détendu, à l'aise même et je me rendis compte que sa nervosité initiale ne venait peut-être pas de lui, mais de moi. Je voulais qu'ils s'entendent. Je voulais qu'ils s'apprécient.

Mark se montra charmant comme d'habitude, plaisantant et nous amusant. Nous bavardâmes tranquillement tous les trois pendant près d'une heure. Isaac proposa d'aller nous chercher de l'eau minérale, il était à peine à la porte arrière lorsque Mark se pencha vers moi pour murmurer :

— Je peux comprendre pourquoi tu l'apprécies ! Il est vachement bandant !

Je souris à Mark.

— Et il a une très bonne oreille.

Le sourire de Mark mourut alors qu'il relevait un sourcil.

— M'a-t-il entendu dire ça ?

— Je suis aveugle, dit Isaac de l'intérieur. Pas sourd.

J'éclatai de rire et Mark me gifla le bras en sifflant.

— Tu aurais pu me prévenir !

Puis son sourire revint.

— C'est vraiment un bon gars, Carter.

Je regardai Mark et hochai la tête en souriant.

— Je sais.

Nous passâmes l'après-midi au parc et je pensai que peut-être, le fait de voir Isaac marcher avec son chien guide pourrait effrayer un peu Mark – ou rendre la chose plus réelle pour lui – mais ce ne fut pas le cas. Il était simplement cool avec ça. Pendant que nous étions assis sur le banc, Brady resta aux pieds d'Isaac pendant que Mark jouait à la balle avec Missy et lorsqu'il en eut assez, il attacha la laisse à la chienne et nous dit qu'il allait essayer de l'utiliser comme « aimant à bite » pour les amateurs de coups rapides en plein air.

Je grinçai intérieurement des dents.

— Je suis désolé, dis-je en m'excusant auprès d'Isaac. Il ne sait pas se tenir et n'a honte de rien.

Isaac se mit à rire.

— « Aimant à bite » ?

— Ouais, il n'est pas difficile, expliquai-je. Si cela a un pouls et a l'air vaguement humain, il sera intéressé.

Mark sourit.

— Certains d'entre eux n'avaient même pas ça pour eux, dit-il en riant. Enfin, au moins ils avaient un pouls, rectifia-t-il.

— Comporte-toi correctement, l'avertis-je.

Mark se contenta de rire tandis qu'il s'éloignait avec mon chien et Isaac se mit à glousser à côté de moi.

— Il est drôle.

— Il est fou, rétorquai-je. Je devrais le faire tester.

Isaac s'esclaffa, puis tendit la main comme s'il cherchait la mienne. Je posai ma main dans la sienne et il la serra.

— Merci, pour aujourd'hui. C'était agréable.

Je frottai mon pouce sur le dos de sa main.

— Pas de quoi.

Isaac sourit et resta calme un court moment.

— Est-il vraiment bisexuel ?

— Ouais. C'est sûr. Pourquoi demandes-tu ?

Isaac haussa les épaules.

— J'ai pensé pendant un certain temps que tu sais... que je n'étais pas gay.

Il secoua la tête.

— Quand j'étais plus jeune, j'ai eu une amie... qui était une fille et j'ai pensé que je l'aimais *de cette façon*. Je suppose que je l'ai vraiment aimée comme ça. Mais ensuite, j'ai rencontré Daniel et je *savais* que je l'aimais, mais je pensais que c'était normal d'aimer les filles, pas les garçons, alors je l'ai embrassée.

— Et ?

— Et rien. Absolument rien. Je veux dire, c'était doux et excitant...

Il soupira.

Et alors j'ai pensé que je devais être bi... J'ai cru que j'étais fait pour aimer les garçons et les filles. Je n'avais pas l'intention d'être avec un gars, tu sais, être aveugle était déjà bien assez difficile. Mais quand j'étais à l'école avec Daniel et qu'il m'a embrassé ?

Il sourit et secoua la tête.

— C'était comme si une ampoule avait éclaté au-dessus de ma tête.

Je souris et serrai sa main.

— Et tu as réalisé que tu n'aimais pas les filles autant que tu le pensais ?

Isaac se mit à rire et hocha la tête.

— Quelque chose comme ça.

— Ce n'était pas très différent pour moi, admis-je. J'ai mis un peu plus de temps à le découvrir, je suppose. Il ne s'est pas passé grand-chose pour moi jusqu'à ce que j'arrive au lycée. Mais je savais à peu près pendant toute la période secondaire que j'aimais les gars, je n'ai simplement rien fait à propos de ça trop tôt.

Puis, je repensai à tout ça, à combien cela avait dû être difficile pour Isaac de ne pas pouvoir voir les gars ou les filles, de juger vers lesquels il se sentait le plus attiré.

— Comment as-tu su que tu aimais les gars si tu n'avais pas moyen de le vérifier ?

Isaac rit à nouveau.

— Comme pour toi. Tu savais simplement que tu préférais les gars, dit-il. Également d'après le son de leurs voix ou leurs odeurs.

— Odeurs ? demandai-je, incrédule. Comme le parfum d'un corps ?

Il sourit.

— Ou le manque. Son déodorant, son eau de Cologne.

Puis Isaac rougit un peu.

— Comme le tien.

— Le mien ?

Il sourit et hocha timidement la tête.

— Tu sens très bon.

— Oh !

Il avait l'air un peu béat.

— Et il y a toujours les pornos.

— Les pornos ? balbutiai-je.

Isaac se mit à rire et hocha la tête.

— Seigneur, je me souviens avoir dit à Hannah que je ne savais pas si j'aimais les filles ou les garçons et elle m'a demandé de visualiser le genre de porno que j'aimerais écouter tard dans la nuit. Elle m'a demandé si je voyais une femme et un homme ou deux hommes ?

Il soupira.

— Et j'ai eu ma réponse.

— Tu voyais deux hommes ?

— À chaque fois.

Je ris, puis repensai à ce qu'il avait dit.

— Tu *écoutais* du porno ?

Isaac baissa la tête et se mit à rire.

— Il y a quelques vidéos très vocales.

Je gémis à l'éclair de douleur qui traversa soudain mon aine.

— Je suis tout à fait pour en discuter plus longuement et

même essayer ça, mais pour l'instant, nous avons besoin de changer de sujet ou je vais rentrer à la maison avec une drôle de démarche.

Isaac rejeta sa tête en arrière et éclata de rire, alors que Mark revenait. Il sourit à la vue d'un Isaac hilare, s'assit à côté de nous et soupira.

— Pas de chance ? demandai-je.

— Non, Missy n'est plus un bon porte-bonheur.

Je grognai.

— Ouais, comme si c'était la faute du chien !

Mark se pencha en avant, caressa Missy et la gratouilla, elle remua la queue en réponse. Il regarda Brady qui était toujours allongé aux pieds d'Isaac et je sus qu'il avait remarqué qu'Isaac n'avait pas montré au chien une once d'affection. Mon ami regarda le chien guide, puis moi et je lui adressai un petit sourire et un haussement d'épaules.

— Alors, dit Isaac, interrompant notre échange silencieux. Qu'allez-vous faire ce soir tous les deux ?

Mark étendit ses jambes en face de lui, entrelaça ses doigts derrière sa tête et bâilla.

— Dîner puis discothèque. Comme je n'ai rien pu trouver dans le parc avec un chien, je vais devoir leur montrer comment je danse.

Je me mis à rire.

— Super ! Ce sera un massacre !

La bouche d'Isaac s'ouvrit et Mark se mit à rire.

— Hey, faut ce qu'il faut.

Puis il regarda Isaac.

Vous devriez venir avec nous !

— Oh, je ne crois pas, répondit Isaac en secouant la tête. Merci quand même.

— Êtes-vous déjà allé dans un night-club ? demanda Mark.

— Non. Ce n'est pas vraiment un endroit sûr pour moi... enfin j'imagine.

Je serrai sa main.

— Si tu viens avec nous, je te promets de prendre soin de toi. Je ne boirai pas et je ne vais pas te lâcher la main. Tu verras, tu seras en sécurité tout le temps.

En fait, j'aimais assez l'idée de pouvoir danser avec lui.

Isaac se retourna vers moi.

— Je ne veux pas, mais merci d'avoir demandé.

— Ce n'est pas grave. Je serai probablement déjà bien assez occupé à faire du babysitting avec Mark de toute façon, dis-je en haussant les épaules.

Puis je me penchai pour murmurer à l'oreille d'Isaac.

— Nous pourrons toujours danser un slow chez toi de toute façon.

Isaac se racla la gorge et sourit. Il s'inclina vers moi et chuchota à son tour :

— Voilà qui me paraît très bien.

— Très bien vous deux, déclara Mark. Assez de toute cette connerie de roucouler comme des tourtereaux. Nous allons vraiment aller dans un bar gay ce soir. Si je dois voir deux gars se monter dessus, autant que ce soit dans un endroit où je peux en profiter.

Isaac éclata de rire.

— Parle-t-il toujours comme ça ?

Je hochai la tête.

— Toujours.

En revenant vers la maison d'Isaac, il garda sa main sur mon bras. Pas vraiment parce qu'il avait besoin d'être guidé, encore une fois, mais juste pour me toucher. C'était presque comme si nous nous tenions par la main. Presque. Et quand vint l'heure de nous dire au revoir, Mark prit Missy et l'harnacha dans son siège à l'arrière de la voiture, me laissant un peu d'intimité avec Isaac.

Nous nous tenions juste derrière sa porte d'entrée.

— Amuse-toi bien ce soir, dit-il tranquillement.

Je me penchai vers lui et fis glisser une main le long de sa mâchoire.

— Puis-je venir mardi, après le travail ?

Il hocha la tête et je pressai mes lèvres contre les siennes. Ses mains se posèrent sur mon dos, il ouvrit sa bouche pour moi et m'embrassa profondément. Je fondis contre lui, sous son toucher, son goût et lorsque sa langue plongea dans ma bouche, mon sexe s'agita.

Avec un gémissement réticent, je ralentis le baiser et éloignai mes lèvres des siennes. Je posai mon front sur sa joue, essayant de reprendre mon souffle.

— Seigneur, Isaac... murmurai-je, pour lui ou pour moi-même, je n'en étais pas certain.

Je reculai d'un pas, mais pris son visage dans la coupe de mes mains.

— Je pensais ce que j'ai dit à propos du slow.

Je le laissai, souriant à la porte.

Nous nous étions à peine éloignés d'un pâté de maisons de chez Isaac, lorsque Mark prit la parole.

— C'est vraiment un bon gars, Carter...

— Mais ?

— Mais quel est le problème avec son chien ?

Il haussa les épaules.

— Je ne comprends pas. Brady est un beau chien. Plus intelligent que Missy ici présente et c'est peu dire. Alors pourquoi ne le touche-t-il pas ?

Je savais que cela allait arriver. J'avais vu le regard qu'il m'avait jeté dans le parc quand il caressait Missy. Je soupirai.

— Je n'en suis pas sûr.

— Mais tu as remarqué, non ? insista Mark. La façon dont il l'ignore, dont il ne le caresse pas, ne remarque même pas sa présence ? Je veux dire, je n'ai rencontré le gars que pendant quelques heures, mais j'ai tout de même pu le voir.

— Bien sûr que je l'ai noté !

— Mais tu ne lui as rien demandé ?

— Eh bien, non, éludai-je. Que puis-je faire ? Ce n'est pas illégal de ne pas caresser son chien. Je me dis qu'il m'en parlera lorsqu'il sera prêt. Je ne veux pas le pousser.

— Parce que tu es tombé amoureux de lui, affirma Mark, comme si c'était une évidence.

— Quoi ?

— Oh, allez ! L'aveuglement est contagieux, c'est ça ? Tu as dû t'en rendre compte.

Je levai les yeux au ciel, mais prétendis me concentrer sur ma conduite. L'étais-je ? Étais-je tombé amoureux d'Isaac ? J'aimais passer du temps avec lui, parler avec lui, l'entendre donner son avis sur le monde, sa manière de m'embrasser, de me toucher, de...

— Oh, merde !

Mark ricana.

— Pour un gars qui a obtenu son diplôme universitaire avec mention, tu es foutrement stupide.

Mark n'en dit pas beaucoup plus sur la question, du moins pas avant qu'il n'ait bu plusieurs boissons tard dans la nuit. Nous étions entourés d'une foule de gens, nous agitant sur la piste de danse et il pouvait voir que j'étais toujours distrait. Il me fit tourner complètement sur moi-même, me tira contre lui et cria à mon oreille.

— Il ne va pas te blesser. Ce n'est pas Paul. Il ne va pas te tromper et te briser le cœur.

Il me libéra en riant, se retourna et se frotta contre le

premier inconnu qu'il rencontra. Je quittai la piste de danse, trouvai un siège et regardai Mark danser. Je secouai la tête et lui souris quand, dix minutes plus tard, il m'adressa un petit signe pour m'indiquer qu'ils allaient aux toilettes.

Je savais qu'Isaac ne me ferait pas de mal. Pas de la manière dont Paul l'avait fait. Je ne risquais pas d'arriver chez lui un jour pour le trouver au lit avec un autre gars. Ce n'était tout simplement pas son genre. Mais cela ne signifiait pas pour autant qu'il ne pourrait pas me faire de mal ni me briser le cœur.

CHAPITRE NEUF

JE NE PLAISANTAIS PAS quand j'avais dit à Isaac que je voulais danser avec lui et, lorsque j'arrivai chez lui, mardi après le travail, je ne perdis pas une minute.

Je n'avais pensé qu'à ça.

Alors lorsque j'entrai par la porte, je lui donnai un rapide baiser.

— Est-ce qu'Hannah est encore ici ?

— Non, répondit Isaac avec méfiance. Elle est partie il y a une heure environ.

— Bien, dis-je en le tirant vers le salon. Ça fait trois jours que je veux faire ça.

— Faire quoi ? demanda Isaac.

Je pouvais sentir qu'il était inquiet, mais il souriait.

— Danser.

— Quoi ?

Je me mis à rire.

— As-tu une base pour ton iPhone ?

Il tourna son visage vers l'armoire du mur du fond et je remarquai le support.

— Euh... oui ?

Je souris.

— Eh bien, nous avons besoin de musique.

Il se gratta la tête.

— Euh...

— Reste là !

Je traversai la pièce, sortis mon iPhone, fis défiler les pistes de lecture et le branchai. J'appuyai sur la touche, augmentai le volume et me tournai vers lui.

— Ce n'est pas vraiment mon genre de musique, dit-il.

Je glissai ma main autour de sa taille et le tirai contre moi.

— La musique n'a pas d'importance.

Je maintins ses hanches contre les miennes et nous commençâmes à bouger.

— Peux-tu sentir le rythme ?

Il hocha la tête.

— Le boum, boum, boum dans ta poitrine ?

Il hocha de nouveau la tête, glissant ses mains dans mon dos et je pus le sentir se détendre. Il commença à bouger en même temps que moi.

Je passai mes mains de ses hanches à sa taille, puis sur son corps.

— Peux-tu le sentir ?

— Oui, murmura-t-il.

Isaac bougeait plutôt bien pour quelqu'un qui n'avait jamais dansé. Il se colla à moi, gardant son bassin aligné sur le mien. Je pouvais sentir sa réaction à ma présence, à quel point il était dur, combien il me désirait. Donc je glissai mes mains vers ses fesses pour le rapprocher de moi, frottant nos membres l'un contre l'autre à travers nos vêtements.

Je fis traîner mes lèvres sur la peau de son cou.

— Je voulais faire ça depuis samedi, lui dis-je, embrassant son cou, puis sa mâchoire.

Ses mains trouvèrent mon visage et il scella sa bouche à la mienne, m'embrassant foutrement dur.

Il me poussait en arrière vers le canapé, mais je l'arrêtai.

— Chambre ?

Nous avions déjà fini dans sa chambre auparavant, la première fois que je l'avais pris dans ma bouche et lorsqu'il m'avait goûté, seulement cette fois-ci, chacun de nous désirait l'autre. Nous tombâmes sur son lit, nous embrassant, nous tenant, nous léchant et nous touchant. Au moment où nous étions nus tous les deux, je lui montrai ce que je voulais faire.

Il était allongé, la tête près des oreillers, sa longue queue était dure et il attendait. Alors je déposai une pluie de baisers le long de son corps, sur son torse, son ventre, le léchant de la base au sommet. Il gémit, mais alors que je m'installais à côté de lui, mes hanches près de son visage, nous roulâmes l'un au-dessus de l'autre et il comprit ce que je voulais qu'il fasse.

Il caressa chaque centimètre de mon corps, me tâtonnant de ses doigts et de sa bouche. Il était nouveau dans l'art de la fellation, mais mon Dieu, il apprenait vite.

Je passai mes bras autour de ses hanches et le pris aussi profondément que je pus. Tout le corps d'Isaac devint rigide, se cambrant complètement et sa queue fit un bond dans ma bouche, puis avec un cri étranglé, il jouit dans ma gorge.

Son corps tremblait et frémissait le temps des répliques de son orgasme et lorsque j'essayai de m'éloigner de lui, il me retint entre ses bras. Son nez se blottit dans mes poils pubiens et il inspira.

— C'est à ton tour.

Il prit son temps avec moi, me léchant, me suçant, apprenant. Ses doigts étaient partout, tirant sur mes couilles, frottant mon ouverture. Et lorsque je le prévins que j'étais sur le point de jouir, il refusa à nouveau de s'éloigner. Il pompa mon érection, aspira durement le gland et j'explosai dans sa bouche.

Il grogna, puis eut un haut-le-cœur.

Je tournai la tête et bien que l'intérieur de mes entrailles ressemble à de la lave en fusion, je pus voir qu'il frémissait en déglutissant. Il se redressa et fit la grimace.

— Ce n'était pas particulièrement agréable, dit-il.

Je ris et le tirai vers moi afin que nous soyons dans le même sens. Je le pris entre mes bras, le serrant.

— Oh, bébé, j'ai essayé de te prévenir.

— Je voulais y goûter, dit-il calmement.

Je relevai son visage jusqu'au mien et l'embrassai, plongeant ma langue dans sa bouche.

— Ma bouche a-t-elle meilleur goût ?

— Hmm, ronronna-t-il, bien meilleur.

Je nous fis rouler et je me retrouvai complètement sur lui, alors que nous étions tous les deux complètement nus.

— Tu as juste besoin d'un peu de pratique.

Ses doigts retracèrent les côtés de mon visage.

— Cela ne te dérange pas ?

Je me mis à rire.

— C'était un plaisir.

Et pour les trois ou quatre semaines suivantes, ce fut exactement comme ça. Enfin, mon plaisir, le sien, nous ne comptions pas.

Nous passâmes autant de temps ensemble que nous le pouvions et cela se terminait généralement dans sa chambre. Ou sur le canapé. Ou sous la douche. Je lui parlai de mon tatouage sur la hanche gauche et bien qu'il ne puisse pas le voir, il ne manquait jamais de le toucher, de l'embrasser, de le lécher. Nous n'avions toujours pas eu de rapports sexuels encore, mais avions fait à peu près tout le reste. Bien que nos rencontres ne soient pas *que* physiques.

Nous parlâmes de beaucoup de choses, mais il en était encore au stade où il s'ouvrait à moi, mais ne m'avait toujours rien dit à propos de ses parents ou de l'accident qui l'avait laissé aveugle. Il *n'avait* pas à m'en parler. Je me demandais juste s'il le ferait.

Je m'interrogeai sur ce que je devais faire, ce qui pourrait se passer pour qu'il en vienne à m'en parler.

C'ÉTAIT UN DIMANCHE, alors qu'Isaac et moi sortions ensemble depuis presque deux mois, et mon téléphone sonna. C'était le travail. Je fronçai les sourcils devant l'écran d'affichage mais répondis à l'appel.

— Ici, Carter Reece.

— Carter, c'est Kate de la clinique vétérinaire. Je suis désolée de vous déranger un dimanche.

— Kate, c'est bon. Que se passe-t-il ?

— Je viens juste de recevoir un appel de la vieille Madame Yeo, dit-elle doucement. Son chat, Monsieur Whiskers est mort.

Oh, l'enfer !

— Elle est très en colère.

— Je vais passer la voir. J'y vais tout de suite.

Je raccrochai et Isaac se rapprocha de moi.

— Carter ? Quel est le problème ?

— Madame Yeo, la vieille petite dame qui est sur ma liste de visites à domicile, dis-je doucement. Je m'arrête chez elle pour la voir avant toi, tous les jeudis. Eh bien, son vieux chat, Monsieur Whiskers est décédé et elle est très en colère.

Isaac me serra la main.

— Tu devrais y aller.

— Oui, j'y vais.

Puis je m'arrêtai et le regardai.

— Puis-je laisser Missy ici ? Es-tu d'accord ?

— Bien sûr, dit-il rapidement.

Mais une fois arrivé à la porte, Isaac me rappela.

— Carter ?

Je m'arrêtai.

— Ouais ?

— Je pourrais venir avec toi.

— Ah... hésitai-je. En es-tu sûr ?

Il se leva.

— Si tu es d'accord. Elle aura peut-être besoin que quel-qu'un reste avec elle pendant que tu... t'occuperas de Monsieur Whiskers.

— D'accord, acceptai-je.

Il attrapa ses clefs de maison et se dirigea vers moi. Il n'avait manifestement pas l'intention de prendre Brady.

— Qu'en est-il de Brady ?

— Il peut rester ici avec Missy. Ils peuvent utiliser la trappe pour chien pour sortir dans la cour, tout ira bien.

Je souris.

— Je sais qu'ils seront bien. Mais et toi ?

Il se figea et je pus voir un léger tressaillement dans ses épaules.

— Tu seras avec moi, n'est-ce pas ?

— Bien entendu, répondis-je rapidement. Bien sûr que je serai là.

— Alors, tout va bien.

Lorsque je garai la Jeep en face de la petite maison de Madame Yeo, je me précipitai de l'autre côté de la voiture pour ouvrir à Isaac.

Il posa sa main sur mon bras et nous montâmes les deux marches avant de frapper à la porte d'entrée.

Quand Madame Yeo ouvrit la porte, les yeux de la vieille dame se remplirent de larmes.

— Madame Yeo, je suis venu dès que je l'ai appris.

— Entrez, s'il vous plaît, dit-elle et, dès que nous fûmes dans son salon elle demanda qui était Isaac.

— Madame Yeo, voici Isaac Brannigan. C'est… mon petit ami. J'étais avec lui lorsque Kate m'a appelé.

— Oh ! dit-elle tranquillement.

Elle regarda la main d'Isaac qui reposait toujours sur mon avant-bras, puis ses lunettes de soleil.

— Est-il aveugle ?

— Oui, je le suis, répondit Isaac.

— Oh ! dit-elle à nouveau en hochant la tête. Mon médecin me dit que je ne vois plus qu'à moitié de mon œil gauche.

— Ce n'est pas bon, Madame Yeo, dit doucement Isaac.

— S'il vous plaît, asseyez-vous, ajouta-t-elle en agitant sa main vers le vieux canapé aux motifs floraux dans les tons orange et brun. Puis-je vous offrir un verre les garçons ?

Je menai Isaac en face du canapé et m'assis avec lui.

— Ne vous inquiétez pas pour nous, Madame Yeo, nous allons bien, lui répondis-je, ne voulant pas l'embêter.

Mais j'avais besoin de poser la question tant redoutée.

— Dites-moi, Madame Yeo, que s'est-il passé avec Monsieur Whiskers ?

Elle soupira tristement.

— Il refusait de manger sa nourriture depuis deux jours et je me suis inquiétée, dit-elle dans son anglais approximatif. Et ce matin, je n'ai pas réussi à le trouver. Il ne va jamais bien loin. Il est trop vieux. Mais il n'était pas endormi sur sa chaise, dit-elle en montrant le vieux rocking-chair brun devant la fenêtre.

Puis elle me regarda et sa lèvre inférieure se mit à trembler.

— Je l'ai trouvé au fond du jardin.

C'était typique des chats de s'éloigner de chez eux pour mourir. Je hochai la tête.

— Et où est-il maintenant ? demandai-je doucement.

— Je l'ai mis dans une boite, dit-elle, en se tamponnant les yeux avec un mouchoir tout chiffonné. Sur la table du jardin.

Je hochai la tête et Isaac glissa sa main de mon avant-bras à ma main. Je lui donnai une légère pression.

— Madame Yeo, puis-je vous demander ce que vous souhaitez faire avec Monsieur Whiskers ?

Elle s'essuya les yeux avec son mouchoir.

— J'aimerais l'enterrer ici, dans le jardin, je pense.

— Voulez-vous que je vous aide à l'enterrer ? demandai-je. Je peux creuser un trou pour vous et nous pouvons rester le temps que vous lui disiez au revoir.

Elle hocha la tête et se mit à pleurer.

— Vous seriez aussi gentils ?

Lorsqu'Isaac répondit, sa voix était rauque.

— Bien sûr que nous le pouvons.

Madame Yeo m'indiqua qu'il y avait une pelle près de la porte arrière, juste à côté de la cuisine.

J'informai Isaac que je ne serais pas absent longtemps et lorsque je sortis, j'entendis Madame Yeo lui demander, de la seule manière dont une vieille dame âgée de plus de quatre vingts ans pouvait le faire :

— Alors, comment êtes-vous devenu aveugle ?

C'était quelque chose dont je voulais parler avec lui depuis des mois, mais pour lequel je n'avais jamais trouvé le courage de demander, mais la petite dame, qui n'avait fait sa connaissance que depuis quelques minutes, venait juste de lui poser la question de but en blanc.

— C'est à cause d'un accident de voiture, répondit-il. J'avais huit ans.

Autant je voulais écouter, autant je savais que je ne devrais pas et que dès qu'Isaac entendrait la porte de derrière se refermer, il saurait que j'avais entendu ce qu'il lui avait déjà dit.

Donc je m'occupai à creuser un trou dans le jardin, essayant de ne pas penser à ce qu'il disait à une parfaite inconnue et refusait de me dire. C'était un chaud après-midi d'automne, mais creuser un trou se révéla difficile. Je pouvais voir que le jardin avait été bien entretenu autrefois, mais qu'il était désormais trop grand pour que Madame Yeo puisse s'en occuper seule. Les fleurs avaient fané et les feuilles des arbres tombaient sur la pelouse non tondue.

Lorsque j'eus terminé, je rentrai dans la maison pour entendre Madame Yeo parler d'un ami d'un vieux voisin qui avait un chien guide et je me demandai si le cours de cette conversation avait inclus Brady ou encore Rosie, le précédent chien d'Isaac et celle dont la mort lui avait brisé le cœur.

Je voulais avoir cette conversation avec lui. Je voulais qu'il s'ouvre à moi, pas à quelqu'un d'autre. Puis la réalisation qu'il était là pour consoler une vieille dame en deuil de son chat me poignarda de culpabilité et de honte.

Isaac tourna son visage vers moi, ayant manifestement entendu mon approche. Je souris en le regardant, puis me tournai vers la petite femme en face de lui.

— Madame Yeo ? Lorsque vous serez prête.

Je me dirigeai vers Isaac et pris sa main pour la poser sur mon bras. Nous suivîmes Madame Yeo dans l'arrière-cour.

Elle prit le bras d'Isaac tandis que je posais la boîte dans la tombe de fortune et recouvrais le trou avec la terre.

Madame Yeo prononça quelques mots avec calme pendant qu'Isaac et moi restions légèrement en retrait. Lorsqu'elle eut fini, elle sécha ses larmes, puis nous étreignit tous les deux en nous remerciant. Elle offrit de nous préparer du thé, mais je lui expliquai que nous devions partir. Elle nous dit qu'elle allait s'en préparer quand même, puis se mettrait au lit de bonne heure avant de nous remercier à nouveau.

— J'aime bien le Docteur Fields, dit-elle sans ambages. Mais je vous aime également.

Elle tapota la main d'Isaac sur mon avant-bras.

— Je me moque que des garçons aiment des garçons. Si vous avez la chance de trouver quelqu'un à aimer, gardez-le.

Changeant de sujet, je lui indiquai que je continuerais à lui rendre visite le jeudi après-midi et qu'elle pourrait me préparer une tasse de thé vert pour l'occasion. C'était une bonne excuse pour appeler et vérifier comment allait cette frêle petite femme au cœur brisé et très seule.

Isaac resta calme tout au long du trajet de retour jusque chez lui. Je posai ma main sur son genou, pour lui montrer mon soutien, mais ne voulant pas aller trop loin, je ne dis pas un mot. Il ne prononça pas une parole jusqu'à ce qu'il soit assis sur son canapé, une fois rentré.

— Madame Yeo m'a dit qu'elle avait Monsieur Whiskers depuis dix-sept ans, dit-il calmement. Elle l'avait pris lorsque son mari est décédé.

Je m'assis à côté de lui, lui faisant face et pris sa main.

— Elle m'a dit que perdre Monsieur Whiskers c'était comme perdre son mari une deuxième fois.

Puis il prit une profonde inspiration et me serra la main.

— Je sais exactement ce que c'est, Carter. Je sais combien c'est dur.

Je savais qu'il était sur le point de s'ouvrir à moi donc je le pris contre moi et le berçai dans mes bras pendant qu'il parlait.

— Je ne me souviens pas de l'accident. Je n'avais que huit ans. Je me rappelle de choses d'avant, bien sûr... comme à quoi ressemblent certaines choses. Je me souviens comment était ma mère...

Ses mots s'interrompirent et je resserrai mes bras autour de lui.

— Mais je ne me souviens pas de l'accident. Je me suis réveillé trois jours plus tard à l'hôpital. Je savais que j'étais réveillé, mais mon visage et mes yeux étaient bandés, donc c'était quand même sombre. Ils m'ont dit que nous avions eu un accident de voiture et que ma mère ne l'avait pas provoqué.

— Oh, bébé...

Il soupira.

— Et puis quand ils ont retiré les bandages et que j'ai ouvert les yeux, c'était toujours sombre. J'étais confus au premier abord, comme si je n'avais pas pu ouvrir les yeux, alors même que je savais qu'ils l'étaient.

Il secoua la tête.

Je restai calme pendant un long moment.

— Tu veux savoir ce qui est le plus drôle ? demanda-t-il de manière purement rhétorique. J'avais peur de l'obscurité. Depuis que j'étais petit jusqu'à l'accident, je devais dormir avec une veilleuse allumée toute la nuit.

— Oh, Isaac... Bébé... fut la seule chose que je pus dire.

Depuis tout ce temps, je voulais qu'il m'en parle et maintenant qu'il le faisait, je ne savais pas quoi dire. J'embrassai sa tempe.

— J'ai eu mon premier chien guide quand j'ai eu neuf ans. Son nom était Cody. C'est lui sur la photo avec moi quand j'étais petit, dit-il en agitant la main vers la cheminée où se trouvaient les cadres photo. Il m'a beaucoup aidé. Je ne sais pas si j'aurais été aussi tenace, si indépendant s'il n'avait pas été là. Il est resté avec moi jusqu'à mes quatorze ans. Après lui, j'ai eu Rosie. Rosie était... Elle était spéciale. Elle était ma meilleure amie. Nous sommes allés partout ensemble, à l'école, faire de la randonnée... Il y a des photos sur la cheminée d'elle et moi sur le sentier de Wompatuck, dit-il doucement. Mais elle était bien plus que ça. Cela a été un moment difficile pour moi...

Il se racla la gorge.

— Mon père n'a pas très bien accepté le fait de perdre sa femme et de récupérer un fils aveugle après l'accident et il buvait beaucoup. Il n'était pas bien...

Isaac se retourna dans mes bras pour se coucher sur le côté, pour se blottir contre moi.

— C'était dur. J'ai essayé de finir l'école et de faire face au fait que j'étais gay. J'avais Hannah, mais elle était déjà bien assez occupée à veiller sur papa, continua-t-il doucement. Et j'avais Rosie. Elle était toujours là. Mon roc.

Il resta silencieux et j'embrassai de nouveau sa tête.

— Que s'est-il passé ?

— Elle est devenue sourde. Et à partir de là, elle s'est mise à vieillir très vite. Du moins c'est ce qu'il m'a semblé. À la toute fin, elle avait même du diabète.

Je me souvins que le Docteur Fields m'avait dit qu'Isaac avait passé deux ans à veiller sur son chien malade. Cela avait dû lui paraître long, mais il s'était occupé d'elle quand même.

— Tu devais beaucoup l'aimer.

Il hocha la tête contre ma poitrine.

— Et quand elle est morte, c'était comme si j'avais perdu la vue une seconde fois.

J'avais envie de pleurer. Je voulais lui dire que j'étais désolé, mais tout ce que je pouvais faire était de le tenir serré contre moi et d'embrasser son front.

Mark avait peut-être pensé que j'étais amoureux d'Isaac il y avait quatre semaines et peut-être que je l'étais. Mais à cet instant précis, je sus, je *sus* avec chaque fibre de mon être, à cet instant même, que j'étais amoureux d'Isaac Brannigan.

CHAPITRE DIX

NOUS RESTÂMES SUR LE CANAPÉ, enveloppés dans notre petit monde et Isaac était si calme, tellement perdu dans ses pensées que j'ai pensé qu'il s'était endormi. Mais il soupira.

— Tu... Euh... Tu m'as présenté à Madame Yeo comme ton petit ami.

Je clignai des yeux, montrant ma surprise.

— En effet.

— Je n'avais jamais été présenté comme étant le petit ami de qui que ce soit auparavant.

Cela ne m'avait même pas traversé l'esprit qu'il ne *veuille* pas être mon petit ami.

— Es-tu d'accord avec ça ?

Il resserra ses bras autour de moi.

— Oui.

Je souris et embrassai son front.

— Bien, parce que je te considère comme ça depuis des semaines dans ma tête.

Il se mit à rire contre ma poitrine. Il resta de nouveau calme pendant un bon moment.

— Carter, veux-tu rester cette nuit ? demanda-t-il.

Peut-être qu'il me sentit me figer, peut-être qu'il entendit mon cœur tambouriner dans ma poitrine parce qu'il ajouta rapidement :

— Missy est ici, donc tu n'as pas besoin de rentrer pour t'occuper d'elle et tu pourras aller travailler en partant d'ici. Missy peut même rester ici demain si tu veux...

Je souris.

— Je pense que ce chien passe plus de temps ici que chez moi de toute façon.

Je resserrai ma poigne sur Isaac et l'embrassai à nouveau.

— J'aimerais bien.

Il s'assit, soudain nerveux.

— Je ne suis pas... Je ne suis pas sûr d'être prêt pour... Tu sais... Pour du sexe. Tu t'es montré vraiment très patient avec moi et je...

Je m'assis et pris son visage entre mes mains.

— Hey, Isaac, écoute-moi. Je ne m'attends à rien de spécial et certainement pas à avoir des relations sexuelles. Ce que nous faisons dans ta chambre est déjà plus que suffisant. Tu sais certains couples homosexuels n'ont jamais de sexe anal, parce qu'ils ne veulent pas ou qu'ils n'aiment pas ça, peu importe. Il y a une douzaine de raisons...

— Mais, je le veux ! me coupa-t-il. Je le veux... plus tard.

— Lorsque tu te sentiras prêt.

Il sourit.

— Tu es si bon avec moi.

Je l'embrassai doucement. Je voulais lui dire que je l'aimais. Je voulais qu'il le sache, mais quelque chose m'en empêchait. L'amour était quelque chose qui le terrifiait, sa réaction envers Brady en était la meilleure preuve. Enfin, ce n'était pas l'amour qui lui faisait peur, c'était le fait de perdre cet amour qui l'effrayait.

Donc, autant je voulais dire ces trois mots, autant je les ravalai. Au lieu de ça, nous commandâmes à dîner et allâmes nous coucher. Cela avait été une journée chargée en émotions, si bien que s'allonger dans le lit et le tenir simplement dans mes bras était parfait.

Mais ces trois petits mots me hantèrent toute la semaine. Chaque fois que je le voyais, le touchais, lui parlais, les mots étaient là. Dans le fond de mon cœur, sur le bout de ma langue et lorsque le jeudi arriva, je les prononçai.

Isaac et moi avions fini de dîner et nous tenions dans la cuisine quand je lui dis que j'avais été voir Madame Yeo, comme j'avais dit que je le ferais. Je lui expliquai que j'avais pris une pousse d'arbre avec moi et que nous l'avions planté dans le jardin « un souvenir de Monsieur Whiskers » comme je l'avais appelé.

Isaac était clame et un peu de mauvaise humeur. Il s'avança vers moi, tête basse, empoigna ma chemise et posa son front sur mon épaule.

— Tu es un homme bon, murmura-t-il.

Je fis courir ma main dans ses cheveux et le rapprochai de moi, embrassant sa tempe. Quelque chose le dévorait de l'intérieur, quelque chose lui rongeait l'esprit.

Et peut-être que ce n'était pas le bon moment et que je n'aurais pas dû le dire, mais je pris son visage entre mes mains.

— Je t'aime.

Et il se figea.

Je pus voir que sa respiration s'accélérait tandis que sa poitrine se soulevait plus vite, puis il recula un peu. Sa bouche s'ouvrit, se referma et je crus pendant une fraction de seconde merveilleuse qu'il était sur le point de me dire qu'il m'aimait aussi.

Mais il ne le fit pas.

— Oh !

Ce fut tout ce qu'il dit : « oh ».

— Carter, je...

— C'est bon, Isaac, dis-je tranquillement. Ce n'est pas grave si tu ne m'aimes pas. Je voulais juste que tu le saches.

Il déglutit difficilement et secoua la tête.

— Je... hmm... Je ne peux pas...

Il ne *pouvait* pas. Soudain, je me sentis complètement stupide. Comment n'avais-je pas vu ça venir ? Il ne pouvait pas s'autoriser à aimer Brady alors comment allait-il m'aimer ?

— Je dois y aller, dis-je doucement.

J'étais gêné et franchement, j'avais l'impression d'avoir reçu un coup de poing dans l'estomac. Je me sentais nauséeux.

— Je t'appellerai. Je... Euh... Laisse-moi un peu de temps, dis-je, prenant mes clefs dans ma poche, le contournant pour me diriger vers la porte d'entrée.

— Carter, s'il te plaît...

— Non ! lui dis-je.

Ne rends pas les choses pires encore. N'aie pas pitié de moi. Ne me dis pas que tu n'as jamais pensé à moi comme ça. Ne me dis pas que tu veux que nous restions de simples amis. S'il te plaît, ne dis rien.

— S'il te plaît, ne dis rien. Bien sûr, tu ne peux pas le faire. J'aurais dû le savoir. Isaac... Je... Je t'appellerai, lui dis-je à nouveau avant de partir.

Je ne savais pas quand je l'appellerais ni ce que je lui dirais. J'avais besoin d'un jour ou deux pour que je comprenne bien ce qui venait de se passer, le temps de lécher mes plaies, pour ainsi dire.

Je rentrai dans un état second, n'ayant aucune envie de dîner, je fis une longue promenade avec Missy puis me laissai tomber sur le lit aux alentours de minuit pour regarder le plafond jusqu'à Dieu seul savait quelle heure. J'allai travailler de bonne heure et ce fut peu de temps après mon arrivée que mon téléphone portable sonna dans ma poche.

Son nom apparut sur l'écran : Isaac.

Mais je ne pouvais pas y répondre. Je n'étais pas prêt à entendre « au revoir ». J'avais besoin de plus de temps. Je savais que je ne devrais pas lui en vouloir. Ce n'était pas de sa faute. Mais je le fis quand même, une petite partie de moi le condamnait. C'était plus facile que de reporter tout le blâme sur moi-même.

Parce que si j'avais gardé ma bouche fermée, tout serait encore super.

Sauf que ce n'était pas vrai.

Parce que maintenant je savais.

Et au moment où notre dernier patient franchissait la porte, il faisait sombre dehors et j'avais manqué trois appels d'Isaac. Il avait laissé trois messages. Le premier était : « *Carter, nous avons besoin de parler. S'il te plaît, rappelle-moi.* » Le second était « *Carter, s'il te plaît* ». Le troisième juste un simple déclic.

Alors quand j'étais assis à mon bureau et que mon téléphone sonna pour la quatrième fois, je vérifiai l'écran, même si je n'avais pas l'intention d'y répondre. Je m'attendais à voir le nom d'Isaac, mais ce n'était pas le cas. C'était Hannah.

Je pressai le bouton pour répondre.

— Salut, Hannah.

Ma voix semblait distante, même à mon oreille.

— Carter, dit-elle avec soulagement. Je commençais à m'inquiéter.

Je souris tristement.

— Très occupé par le travail, désolé.

Puis je me demandai si quelque chose était arrivé à Brady.

— Est-ce que Brady va bien ?

— Oui, il va bien, dit-elle. Isaac pas du tout cependant. Bon sang, que s'est-il passé entre vous ?

— Que voulez-vous dire par « Isaac pas du tout » ? Il va bien ?

— Physiquement, tout va bien. Enfin, ça irait mieux s'il voulait bien se sortir la tête du cul.

J'eus un petit rire, soulagé. Elle avait toujours sa manière bien à elle de dire les choses.

— Mais il se sent misérable, ajouta-t-elle tranquillement. Il ne veut pas me dire ce qui s'est passé. Carter, il ne m'a rien raconté à propos de tout ça, juste que vous ne vouliez pas prendre ses appels. Alors, s'il vous plaît, qu'a-t-il fait ?

Je soupirai.

— Ce n'est pas de sa faute.

— Qu'a-t-il fait ? demanda-t-elle à nouveau. Il est misérable, vous l'êtes aussi et il se cache dans sa chambre, dans son lit, sous ses couvertures. Enfin, je pense. Il y a écrit « coupable » partout sur lui.

Je pressai mes doigts sur mes orbites et soupirai.

— Je lui ai dit que je l'aimais.

Hannah resta silencieuse pendant un moment.

— Et alors ?

— Et alors rien, dis-je catégoriquement, il ne m'aime pas.

— L'a-t-il dit ?

— Eh bien, non, admis-je. Il n'a pas eu besoin de le faire. Son visage m'a dit tout ce que j'avais besoin de savoir.

— Mais c'est le cas, Carter, dit-elle d'une voix grave. Il vous aime. Je le sais.

— Apparemment non, Hannah. Il a dit qu'il ne pouvait pas, ajoutais-je simplement. Écoutez, merci de toute façon, mais je dois y aller.

— S'il vous plaît, ne le laissez pas tomber, dit-elle, presque désespérément. Il a peur et il est têtu. Si vous voulez je vais le sortir de là par la peau du cul pour qu'il vienne vous voir tout de suite.

Je souris, malgré mon humeur.

— Merci, Hannah, mais ce ne sera pas nécessaire. Je ne pense pas être prêt à entendre ce qu'il a à me dire, mais dites-lui que je vais l'appeler dans un jour ou deux. J'ai besoin de temps, d'accord ? Merci, Hannah, pour tout, ajoutai-je.

Quand je rentrai à la maison, je pris Missy pour notre promenade habituelle, préparai rapidement quelque chose à manger et comme je n'avais pas beaucoup dormi la nuit précédente, je m'affalai dans mon lit.

Je ne savais pas quoi faire de mon week-end. Il était censé pleuvoir le samedi, donc j'imaginai que j'irais travailler, mais le temps devait s'éclaircir le dimanche, si bien que je pensais faire la randonnée dont Isaac m'avait parlé.

J'allai travailler tôt le samedi, m'occupai de la paperasse, puis dressai l'inventaire des stocks et il fallut attendre l'heure du déjeuner pour que je vérifie mon téléphone. Je n'avais manqué aucun appel. Ni message. La seule chose qui était pire que le fait qu'Isaac m'ait appelé trois fois était qu'il ne m'appelle plus du tout.

Je jetai mon portable sur mon bureau, pris mon sandwich avant de finir par le reposer lui aussi. Ma porte était ouverte, mais Rani toqua quand même. Elle souriait.

— Vous allez bien ? demanda-t-elle, un peu inquiète.

Je lui adressai un sourire.

— Ouais, je vais bien.

Elle n'avait pas l'air convaincu. Au lieu de ça, elle fit un pas dans mon bureau.

— Vous paraissez distrait et triste, dit-elle prudemment. J'ai juste pensé que cela pourrait peut-être avoir quelque à voir avec Isaac Brannigan ?

Mes yeux se relevèrent brusquement pour la fixer.

— Qu'est-ce qui vous fait penser ça ?

Elle sourit comme si elle savait quelque chose.

— Parce qu'il est dans la salle d'attente.

Mes yeux s'écarquillèrent.

— Il est là ?

Rani sourit et hocha la tête.

— Il a appelé la réception plus tôt et m'a interrogée pour savoir si vous étiez de garde. J'ai dit que non, mais que vous étiez quand même là et je lui ai demandé si un autre vétérinaire pourrait l'aider. Il a dit que non et a raccroché. Puis il s'est présenté et a dit que ce n'était pas une situation d'urgence, que Brady allait bien, mais qu'il voulait quand même vous parler.

Puis elle eut un petit sourire triste.

— Vous devriez le voir. Il est... Hmm... Eh bien, il est... Vous savez qu'il pleut dehors, non ?

— Bien sûr, lui dis-je, ne comprenant pas très bien où elle voulait en venir.

Je n'arrivais pas à me sortir de la tête qu'il était venu. Merde ! Il était là. Il n'avait donc pas pu attendre ? Ce n'était pas le meilleur moment pour avoir son cœur brisé. Je soupirai et me levai.

— Merci, Rani.

— Je peux l'amener ici, à votre bureau, si vous préférez avoir un peu d'intimité ? proposa-t-elle, apparemment consciente que c'était une visite personnelle et manifestement d'accord avec le fait que cela concernait deux hommes.

Je réfléchis à ce sujet, à l'endroit où je voulais avoir cette conversation, puis pensai que là n'était pas vraiment la question.

— C'est bon, je vais aller le voir.

Je longeai le couloir, affermissant ma détermination à lui dire qu'il ne faisait plus partie de ma vie et que j'allais arrêter de l'ennuyer, puis je le vis. Il était assis là, dans la salle d'attente, avec Brady à ses pieds, tous les deux complètement et totalement trempés jusqu'aux os.

Oh, Seigneur ! Mon cœur se serra dans ma poitrine.

— Isaac ?

Il se tourna vers le son de ma voix et se leva.

— Tu es complètement trempé !

— Il pleut dehors, dit-il. J'ai pris le bus, j'ai donc dû finir le chemin à pied.

Rani soupira derrière moi avec une expression « c'est trop mignon » sur le visage. Je secouai la tête devant cet homme impossible, m'avançai vers lui et posai sa main sur mon bras.

— Viens par là, dis-je, l'emmenant vers une salle d'examen.

Dès que la porte se referma derrière nous, je le laissai aller.

— Putain, mais à quoi est-ce que tu pensais ?

Il tressaillit au ton de ma voix.

— Tu ne voulais pas prendre mes appels.

— Il pleut et il fait froid à l'extérieur, Isaac, dis-je, soulignant l'évidence. Pourquoi n'as-tu pas demandé à Hannah de te conduire ?

Il haussa les épaules.

— Nous nous sommes disputés.

Je soupirai et passai mes doigts dans mes cheveux. Secouant la tête, je me dirigeai vers les étagères de fournitures et attrapai des serviettes. Il restait là, humide, ayant l'air pas du tout à sa place et vulnérable. Je revins vers lui, retirai lentement ses lunettes de soleil et essuyai son visage, puis séchai ses cheveux. Et il me laissa faire. Lui, normalement si pressé à prouver son indépendance, mais il se tenait là, immobile pendant que je le séchais.

Puis, il se mit à frissonner.

— Je dois te ramener chez toi. Tu es congelé, lui dis-je.

Puis je regardai Brady, tout aussi trempé.

— Tous les deux.

Je séchai Brady autant que je le pouvais et lorsque j'eus terminé, je tendis à Isaac ses lunettes de soleil.

Il les reposa sur la table d'examen et attrapa mon bras, me regardant avec ses yeux bleus aveugles.

— Carter, s'il te plaît, arrête.

— Isaac, c'est bon, dis-je faiblement. À propos de l'autre soir, je n'aurais rien dû dire. Je suis désolé d'avoir tout gâché.

— Quoi ? demanda-t-il. Non, Carter, non, ne sois pas désolé. Je suis celui qui doit l'être. J'ai mal réagi et je souhaite pouvoir revenir en arrière. J'aimerais pouvoir mieux faire les choses.

Il secoua la tête.

— Hannah m'a dit qu'elle t'avait parlé et que cela ressemblait à un adieu. Puis elle s'est fait un devoir de me réduire en pièces pour m'être montré aussi horrible avec toi.

Oh, tout cela allait de mal en pis.

— Alors tu es ici parce qu'Hannah t'a fait te sentir mal ?

— Non ! cria-t-il. Eh bien, elle a dit beaucoup de choses qui sont allées droit au but, mais elle avait raison et je suis vraiment désolé, Carter. Je n'ai jamais voulu te blesser. C'était bien la dernière chose que je voulais faire. Tu dois me croire. C'est difficile pour moi, mais j'essaie.

Ses paroles étaient décousues et il paraissait presque être sur le point de paniquer.

— Je souhaite que nous puissions revenir en arrière et tout recommencer.

Ses yeux bleus, clairs comme du cristal étaient emplis de larmes.

— Je devais venir à ton travail. Je sais que ce n'est pas professionnel, mais je ne suis jamais allé chez toi. Je ne pouvais pas trouver ta maison tout seul et tu ne voulais pas répondre à mes appels. J'étais effrayé à l'idée de te perdre.

Mon cœur sombra.

— Isaac, je t'ai dit que je t'aimais, murmurai-je. Et tu m'as rejeté. Qu'étais-je censé croire ?

Ses larmes tombèrent sur ses joues.

— Que j'avais peur. Que je ne voulais pas te perdre. Que tu es la meilleure chose qui me soit jamais arrivée.

Son visage s'assombrit et il haussa les épaules.

— Que je t'aime aussi.

— Quoi ?

— Peux-tu le redire ? demanda-t-il.

Je secouai la tête.

— Dire quoi à nouveau ?

— Dis-moi que tu m'aimes, dit-il, essuyant ses joues avec ses mains, ignorant ma question. Dis-le encore, comme tu l'as fait l'autre soir.

Je secouai la tête.

— Isaac, je ne crois pas que ce soit une bonne idée.

Je ne pensais pas que mon cœur pourrait le supporter.

Il fronça les sourcils.

— S'il te plaît ?

Il tendit ses mains vers moi, elles trouvèrent ma poitrine, puis glissèrent le long de mes bras jusqu'à mes mains et il les posa sur son visage. Ses mains étaient glacées.

— Nous étions comme ça et tu m'as embrassé le front, dit-il et, lorsqu'il ferma les yeux, de nouvelles larmes perlèrent à ses cils. S'il te plaît.

Je me penchai en avant, fermai les yeux et posai mes lèvres sur son front.

Sa voix n'était plus qu'un murmure.

— Alors tu m'as dit que tu m'aimais.

— Isaac...

— S'il te plaît...

C'était à peine audible et ses mains m'agrippaient comme s'il avait peur que je ne m'enfuie.

— Dis-le encore. Je veux bien faire les choses.

Bien que mon cœur me dise de ne pas le faire, j'imaginais que je n'avais rien à perdre. Donc je fermai mes yeux, pris une profonde inspiration et murmurai à nouveau ces mots.

— Je t'aime.

Enfin, il respira normalement, arrivant presque à bout de souffle et il s'accrocha à moi, enfouissant son visage dans mon cou.

— Et je t'aime.

— Isaac ? l'appelai-je doucement, reculant d'un pas pour regarder son visage.

Ses yeux étaient fermés, son front reposait contre le mien.

— Je t'aime, murmura-t-il une fois encore. Et je suis désolé. Je suis tellement, tellement désolé.

Je clignai des yeux. Ma tête tournait.

— C'est ce que j'aurais dû dire la première fois, ajouta-t-il.

Ses yeux étaient rouges et larmoyants, un air triste gravé sur son visage.

— J'aurais dû te le dire alors. Je n'aurais pas dû avoir aussi peur, mais c'était le cas. Je suis toujours effrayé. Je suis désolé de t'avoir blessé.

Je répondis en relevant son visage et en posant mes lèvres sur les siennes, l'embrassant doucement. Il haleta mais me rendit mon baiser, reculant pour mieux enrouler ses bras autour de moi et me serrer contre lui.

Alors que je glissais les miens sous sa veste, je pus sentir combien il était trempé et avait froid, au point qu'il se mit à frissonner au contact de ma chaleur.

— Isaac, dis-je en me libérant de son étreinte. Nous allons reparler de tout ça, mais pour l'instant, je te ramène chez toi.

Il frissonnait toujours, mais hocha la tête. Je lui rendis ses lunettes de soleil, ramassai le harnais de Brady, tapotai le magnifique chien, jetai les serviettes mouillées dans le panier à linge sale et le pris avec moi. Je dis à Rani – qui souriait lorsqu'elle nous vit sortir avec la main d'Isaac posée sur mon bras – que je ramenais Isaac et Brady chez eux.

Je laissai Isaac sous l'auvent afin que je puisse installer Brady sur la banquette arrière de ma Jeep, puis au moment où je contournai la voiture sous la pluie battante pour ouvrir la portière à Isaac, je me rendis compte que j'étais presque aussi trempé qu'eux. J'allumai le chauffage et au lieu de conduire chez Isaac, je les ramenai chez moi.

— Pourquoi allons-nous chez toi ? demanda Isaac. Nous ne sommes jamais allés chez toi.

— Parce que j'ai une cheminée et que Brady a besoin de se réchauffer.

— Oh ! dit Isaac, essayant de cacher le fait qu'il claquait des dents.

Puis il demanda doucement :

— Est-ce qu'il va bien ?

— Je suis sûr qu'il ira très bien, répondis-je.

— Je ne savais pas qu'il faisait si froid.

— Isaac, c'est presque l'hiver !

— Je sais, dit-il en secouant la tête. Je n'y ai pas pensé. J'avais besoin de te parler et je n'y ai pas fait attention.

Je soupirai tandis que je me garais devant chez moi.

— Allez, rentrons.

Je tenais le bras d'Isaac, guidant ses pas.

— Il y a six marches. Puis un petit porche et une autre marche pour entrer. C'est une petite maison, de style bungalow, ajoutai-je, pensant qu'il pourrait avoir besoin de se faire une image visuelle de l'endroit où il était.

J'ouvris la porte et Missy nous accueilli, avec plus d'enthousiasme apparemment lorsqu'elle se rendit compte que Brady était avec nous. J'emmenai Isaac au fond du couloir, lui expliquant ce que j'allais faire.

— Je vais te mettre dans la douche pour te réchauffer et pendant que tu seras là, j'allumerai le feu pour Brady.

Ma salle de bain était petite par rapport à celle d'Isaac. Je lui montrai où se trouvaient le lavabo, les toilettes et la douche.

— Robinets à midi, savon à neuf heures. Lorsque tu sortiras, ta serviette sera sur le rail ici.

Je lui montrai avec sa main.

— Je serai au bout du couloir, crie si tu as besoin de moi.

Il enleva ses chaussures et je les ramassai ainsi que sa

veste pour les mettre à sécher près du feu. Ses vêtements étaient complètement détrempés.

— Je vais t'apporter des vêtements de rechange que je laisserai sur le lavabo, ajoutai-je.

— D'accord, dit-il calmement. Je te remercie, Carter.

J'ouvris les robinets pour lui, laissant l'eau chaude couler. Je déposai un rapide baiser sur ses lèvres.

— De rien.

***

J'AVAIS ENFILÉ des vêtements secs et le feu avait commencé à bien prendre lorsqu'Isaac m'appela. J'entrai dans la salle de bain et souris. Je lui avais donné un vieux pantalon de survêtement et un sweat-shirt de mon ancienne université et je devais admettre que j'aimais le voir les porter.

Je pris sa main et l'amenai dans le salon.

— Les chiens ont pris la meilleure place devant le feu, lui expliquai-je. Nous n'avons droit qu'au canapé.

Alors que nous nous mettions assis, il tourna son visage vers la cheminée, sentant bien évidemment la chaleur sur sa peau, écoutant les sons du bois qui crépitait ou de la pluie sur le toit de la maison. Peut-être les deux.

— Comment va Brady ?

— Il va bien. Il est presque endormi, le rassurai-je. Je pense qu'il attendait juste de te voir avant de pouvoir fermer les yeux.

Isaac hocha la tête, mais ne dis rien. Il s'agita et se racla la gorge.

— Alors tu... Euh... Voulais parler ?

— Oui, je pense que nous en avons besoin.

Je pris une profonde inspiration.

— Isaac, je ne vais pas mentir. Je me suis senti profondément blessé. Ce n'était pas facile pour moi de venir chez toi et de te dire ces mots.

— Je sais et je suis désolé, dit-il pour la vingtième fois.

— Arrête de t'excuser. Je sais que tu ne voulais pas le faire.

Sa voix était si douce que c'est à peine si je l'entendis.

— Tu les penses toujours ?

Je me mis à rire, pris sa main et la portai à mes lèvres.

— Tu es stupide. Bien sûr que je les pense toujours. Je ne suis pas le genre de gars qui tombe amoureux toutes les deux minutes, donc pour aussi longtemps que tu le souhaites, tu vas te retrouver collé à moi.

Il sourit tristement.

— Je ne veux pas que tu me quittes.

Je balançai une jambe au-dessus de lui, de sorte qu'il se retrouve entre mes jambes et je l'attirai à moi.

— Alors ne me repousse pas.

Il se blottit contre moi, me tenant serré et resta calme un long moment. Je lui demandai s'il avait assez chaud.

— Ouais, je te remercie.

Il hocha la tête, puis s'éloigna de mes bras pour se redresser.

— Carter, puis-je te demander quelque chose ?

— Bien sûr.

— S'il te plaît, n'ignore plus mes appels téléphoniques.

Il parlait en baissant la tête et il déglutit difficilement.

— Si tu es en colère contre moi, réponds au moins au téléphone et dis-le moi, crie-moi dessus, dis-moi que je me comporte comme un crétin, quelque chose... C'est déjà assez difficile de ne pas pouvoir voir, je ne veux pas avoir à supporter le silence aussi.

Oh, Isaac !

— Je suis désolé, lui dis-je sincèrement. Je n'ai pas pensé à ça. Je n'ai pas répondu à tes appels parce que je ne voulais pas t'entendre me dire adieu.

Je l'attirai à moi et nous nous embrassâmes.

— Je n'arrive toujours pas à croire que tu aies bravé la pluie pour venir me trouver.

— J'essaie, Carter, dit-il doucement. Vraiment. C'est tout nouveau pour moi et ce n'est pas facile. Tu sais pourquoi...

Il soupira tristement.

— Mais je veux tout ça. Je veux t'aimer bien que cela m'effraie.

— Je veux aussi que tu m'aimes.

Sa main se posa sur mon visage et puis, lentement, doucement, il commença à m'embrasser. C'était différent en quelque sorte, plus tendre, plus profond. Et je savais ce que c'était. Je le désirais. Je voulais lui montrer à quel point je l'aimais.

Je pris son visage entre mes mains et murmurai contre ses lèvres.

— Isaac, je veux t'emmener au lit.

Sachant exactement ce que je voulais dire, sa respiration s'accéléra soudain et il hocha la tête.

— Oui.

Je le portai jusqu'à ma chambre et le déposai doucement sur mon lit. Je rampai près de son corps, me glissant entre ses jambes, pesant de tout mon poids sur lui. Puis je l'embrassai avec toute la force de ce que je voulais lui dire. J'enveloppai mes bras autour de lui, frottai mes hanches contre les siennes, enlaçai ma langue à la sienne.

Bientôt, il se tortillait et gémissait et lorsqu'il fut nu et prêt pour moi, je lui demandai une dernière fois si c'était bien ce qu'il voulait. Ses mains touchèrent mes joues et il hocha la tête.

— S'il te plaît.

Je me penchai vers lui, remontant ses jambes plus haut, les ouvrant plus largement, tout en tenant son visage et en l'embrassant.

— Dis-moi si je te fais mal.

Et je le pénétrai lentement, oh si lentement. Si tendre, si serré et tellement, tellement bon.

Il haletait, ses doigts s'enfonçant dans ma peau, ses yeux étaient fermés et il gémit.

— Oh, merde !

Je tenais son visage, essayant de ne pas pousser trop fort en lui, ni trop profond.

— Tu vas bien ?

Il haleta à nouveau et hocha la tête.

— Oui, Carter. Oh, mon Dieu ! souffla-t-il et ses doigts se resserrèrent.

Je commençai à bouger, puis je m'enfonçai jusqu'à la garde, le faisant haleter et gémir. Je me penchai légèrement de côté pour prendre son sexe dans mon autre main, le caressant et le serrant pendant que j'étais en lui.

Je voulais que ce soit bon pour lui, pour sa première fois. Je voulais qu'il sente à quel point cela pouvait être bon, qu'il comprenne tout ce qu'il pouvait ressentir. Je voulais que son corps connaisse le mien, qu'il le sente contre le sien et en lui. Je voulais lui procurer un plaisir qu'il n'avait jamais connu.

Gardant mes doigts enroulés autour de son érection, je me penchai et embrassai sa bouche, son cou. Je murmurai des mots doux à son oreille, des mots brûlants, le faisant trembler et gémir. Je voulais l'entourer, le submerger. Je voulais qu'il ressente tout. J'adorai son corps avec ma bouche, mes mains et mon sexe.

Puis son corps arriva à la surcharge et il ne put en supporter plus. Il releva brusquement ses hanches et sa bouche s'ouvrit sur un cri muet, ses yeux si bleus s'écarquillèrent et il se mit à jouir.

Tout son corps trembla et frissonna sous moi, autour de moi, là où j'étais enfoui en lui. Je glissai mes bras autour de lui, me tenant à lui, ravagé par les vagues qui déferlaient en lui alors que son orgasme se propageait entre nous.

Un plaisir si intense, si pur m'envahit, traversant ma peau pour se réfugier jusque dans mes os, et j'explosai, remplissant le préservatif alors que j'étais toujours au fond de lui. En l'absence de toute impression d'être moi-même, il n'y avait plus que lui, son corps, ses bras autour de moi. Et tandis que je flottais dans mon état de rémanence, ses doigts traçaient de petits cercles sur mon dos.

Je ressortis de lui, mais ses bras se resserrèrent autour de moi comme s'il ne voulait pas que je m'éloigne. Je restai plaqué contre lui pendant un bon moment. Nous étions complètement enveloppés l'un dans l'autre, sans parler, juste en nous touchant des doigts et des lèvres.

Finalement, je lui demandai s'il allait bien. Il hocha la tête et je pus sentir son sourire contre mon cou.

— Mieux que bien.

— Que dirais-tu de nous nettoyer un peu, de commander une pizza et de passer la nuit devant le feu de cheminée ?

— Ça me semble parfait.

CHAPITRE ONZE

CETTE FOIS-CI, je pris une douche avec lui, le lavai, le shampouinai, fis courir mes mains partout sur lui, le faisant rire.

— Nous allons finir de nouveau au lit si tu n'arrêtes pas ça, dit-il.

— Ça ne me dérangerait pas, lui répondis-je, le mordant de façon ludique à l'arrière de son cou.

Quand nous eûmes terminé et que le dîner fut commandé, je lui fis visiter ma maison.

— Elle est petite, mais j'avais surtout besoin d'une maison avec un jardin décent pour Missy, expliquai-je. De toute façon, il s'avère que je ne suis pas ici très souvent.

Je me tenais derrière lui, mes mains posées sur les siennes, les faisant se déplacer afin de lui permettre de sentir la longueur du comptoir de la cuisine. Je lui montrai où était la machine à café, l'évier, le micro-ondes. Je n'avais pas besoin de me tenir derrière lui comme ça, mais ça ne le dérangeait pas. Pas du tout.

Parce que lorsque j'étais derrière lui comme ça, je

pouvais embrasser son cou et me presser contre lui. Non, cela ne le dérangeait pas du tout.

— Devrions-nous retourner au lit ? demanda-t-il en riant.

J'embrassai de nouveau son cou, puis le retournai afin qu'il soit face à moi.

— Ne me tente pas, dis-je en l'embrassant, tirant doucement sur sa lèvre inférieure avec la mienne.

La sonnette de la porte d'entrée retentit. Je gémis.

— C'est le dîner.

— Ne sois pas aussi déçu, dit-il en souriant.

Après avoir mangé et alors que nous étions blottis sur le canapé, je pris mon portable.

— Nous devrions appeler Hannah.

— Pourquoi ?

— Parce qu'elle va s'inquiéter pour toi.

Il soupira.

— Elle ne voudra pas me parler. Je lui ai dit des choses pas franchement agréables.

Je retins un soupir. Bien sûr qu'il l'avait fait. J'embrassai ses tempes.

— Elle voudra sûrement te parler. Elle sera peut-être en colère après toi, mais elle t'aime.

Je composai son numéro et lui tendis le téléphone.

Je pus entendre sa voix. Manifestement en voyant mon numéro apparaître sur son écran, elle avait répondu.

— Carter ? dit-elle prudemment.

— Non, c'est moi, Isaac.

J'allai dans la cuisine et attrapai une bouteille d'eau, lui laissant un peu d'intimité pour parler avec sa sœur, bien que je puisse tout de même entendre son côté de la conversation.

— Non, nous sommes chez lui... Il est ici aussi.

Je présumai qu'il parlait de Brady.

— ... Non, je suis allé à son travail... Oui, Hannah, sous la pluie... Il a dit la même chose... Je vais bien... Oui...

Il sourit en tenant toujours le téléphone.

— Oui, je lui ai dit que je l'aimais... Ça s'est très bien... Oui, *ça*... Non, je ne vais pas te raconter ça !

Je me mis à rire à ce qu'il disait, ayant une assez bonne idée de ce qu'Hannah venait juste de lui demander. Je m'assis à côté de lui, glissant une jambe derrière lui et il se blottit rapidement contre moi.

— Euh... Attends, je vais lui demander, dit-il à sa sœur.

Puis il se tourna vers moi.

— Que faisons-nous demain ?

— De la randonnée.

— Randonnée, répéta-t-il dans le téléphone, puis il se figea. Randonnée ?

Je me mis à rire.

— Ouais, je voulais faire le circuit du Wompatuck State Park que tu as mentionné. Si la météo est bonne, il n'y a pas de raison que nous ne puissions pas le faire.

Il discuta avec Hannah encore un peu, il s'excusa pour les choses horribles qu'il lui avait dites, elle en fit de même, puis il me rendit mon téléphone.

— Merci.

Il ne me remerciait pas d'avoir utilisé mon téléphone. Il le faisait pour l'avoir obligé à appeler sa sœur.

— Pas de quoi, vraiment.

Il posa sa tête sur ma poitrine et sourit.

JE ME LEVAI de bonne heure, laissai les chiens sortir pour se soulager, posai de nouvelles bûches dans la cheminée et retournai me coucher, me glissant tout contre lui. Isaac était chaud et il grogna lorsque je posai mes pieds froids contre lui, me faisant sourire. Mais il enroula ses bras autour de moi tandis qu'il se réveillait.

— Bonjour.

— Oui, c'est une bonne journée.

Ses bras se resserrèrent.

— As-tu lancé la machine à café ?

— Oh, j'ai oublié ! J'ai fait sortir les chiens et ranimé le feu, mais pas de café.

Puis, il essaya de me pousser hors du lit.

— Sors de là. Du café pour moi ou pas de câlins pour toi.

J'éclatai de rire, mais me glissai derrière lui et le serrai entre mes bras. Il en fit de même avec moi et soupira.

— Est-ce un temps pour faire de la randonnée ? demanda-t-il. Ou bien un temps à-rester-au-lit-toute-la-journée ?

Je me mis à rire.

— Eh bien, le ciel est clair si c'est ça que tu demandes.

— Quelle honte.

Je glissai une main sur ses fesses et les serrai fortement.

— Si nous finissons la randonnée assez tôt, nous pourrions être de retour pour le déjeuner.

— Et nous pourrons passer l'après-midi au lit ?

— J'ai créé un monstre ! dis-je en riant. Oui, tout l'après-midi au lit et la nuit aussi, si tu veux.

Il s'assit.

— Très bien, alors allons-y ! Plus tôt nous partons, plus tôt nous serons de retour !

J'éclatai de rire et il prit un oreiller pour me frapper avec. Il visait plutôt bien pour un gars aveugle.

— Allez, Monsieur Insatiable, tu passes le premier à la douche. Je vais préparer le café.

WOMPATUCK STATE PARK n'était pas très loin en voiture. Il était situé à une quinzaine de kilomètres derrière la clinique vétérinaire et vu que je n'avais jamais été par là et que j'avais un homme aveugle comme copilote, je pensai que nous nous en étions bien tirés. Mais alors que je me garais dans la réserve, il m'apparut que nous aurions mieux fait de prendre le bus. La prochaine fois, j'y penserai. La prochaine fois que nous viendrons ici, nous prendrons donc le bus à moins qu'Isaac ne décide de venir ici sans moi et Brady connaîtrait alors le chemin.

Ainsi, ce ne serait pas la répétition d'hier et Isaac n'aurait pas à trop marcher sous la pluie. Et il ferait quelque chose avec Brady. Je souris à cette pensée.

— Wow, murmurai-je en sortant de ma Jeep. C'est vraiment très beau.

Isaac libéra Brady.

— Il y a deux sentiers qui démarrent au bout du chemin, dit-il.

Il pointa le menton vers la droite.

— Ils traversent les bois jusqu'au lac. Les sons par-là sont étonnants : oiseaux, eau, cigales, d'autres oiseaux, c'est incroyable.

J'attachai la laisse de Missy et souris.

— Alors, nous irons par là en premier.

— Tu devras me guider, dit-il. Lorsque je suis venu ici auparavant avec Rosie, j'avais aussi ma canne. De plus, Brady n'est jamais venu ici encore.

Donc, ce fut exactement ce que nous fîmes. Nous

prîmes notre temps, marchant le long du chemin jusqu'au petit lac. Je le guidai autant que je le pouvais et Brady montra des aptitudes exceptionnelles. C'était une chose que de le voir le guider sur un terrain plat, en plein trafic et dans les rues, mais de le voir faire sur un sentier de randonnée, en pleine nature avec un sol inégal, des racines d'arbres provoquant autant d'embûches sur un sol glissant était quelque chose de totalement différent : sa manière de s'arrêter, de redémarrer, de tourner, de pousser...

C'était un animal vraiment remarquable.

Pour un être humain tout aussi remarquable.

Et lorsque nous revînmes, nous nous assîmes sur un banc du parc. Je tendis une bouteille d'eau à Isaac, sortis une gamelle pour les chiens et leur donnai à boire également. Après avoir vu Isaac et Brady travailler si bien ensemble, de manière si coordonnée, je m'attendais à ce qu'Isaac le caresse ou reconnaisse sa présence... ou n'importe quoi d'autre.

Rien.

Il ne fit rien.

Au lieu de ça, il parla des autres fois où il était venu ici avec Rosie. Il souriait lorsqu'il parlait et autant je voulais dire quelque chose, que je ne le fis pas. Après ces derniers jours, avec nos déclarations d'amour, les malentendus, les disputes, je ne voulais pas ruiner ce que nous avions. Je ne voulais pas tout gâcher.

Je voulais lui dire que Brady était aussi fantastique que Rosie. Je voulais lui dire que s'il n'arrêtait pas et ne le reconnaissait pas, il allait passer à côté de quelque chose de magnifique et d'un chien merveilleux.

Mais je ne le fis pas.

Et je savais très bien que l'on n'était pas censé toucher un chien guide quand il travaillait, s'il était harnaché, mais je devais le féliciter. Je devais lui dire qu'il avait bien fait son travail, qu'il était apprécié, aimé. Le vétérinaire en moi, l'amoureux des animaux en moi ne pouvait pas rester là et regarder ce beau chien, avec ses grands yeux bruns qui était juste assis là, attendant un simple geste de reconnaissance.

Donc, sous le prétexte de reprendre la gamelle d'eau, je caressai sa fourrure au niveau du front.

Si Isaac s'en rendit compte, avec son étrange capacité à tout savoir sans voir, il ne dit rien. Il ne dit pas un mot.

Mais Brady releva les yeux vers moi, avec sa langue qui pendait au coin de sa gueule et ses yeux bruns me souriaient, me montrant son plaisir et je ne pus m'empêcher de lui sourire en retour.

Nous restâmes assis sur le banc du parc, sous les rayons d'un soleil hivernal et je décrivis tout ce que je voyais. Il y avait un petit bâtiment avec des commodités qui avait l'air d'être nouveau, ainsi que des panneaux qui indiquaient quels sentiers étaient adaptés à tel ou tel types de randonneurs, ainsi que de nouvelles tables de pique-nique. J'imaginai qu'en été elles devaient être très occupées, mais lors des saisons plus froides, peu de gens faisaient de la randonnée.

— J'aimerais vraiment revenir, dis-je. Je voudrais prendre d'autres sentiers, donc le week-end prochain, si le temps est clair, nous pourrions revenir, d'accord ?

— Bien sûr, dit Isaac. Nous pouvons même en faire un autre aujourd'hui si tu le veux vraiment.

— Non, dis-je en me levant. Je t'ai promis un après-midi avec des activités d'intérieur et j'ai bien l'intention d'honorer ma promesse.

Isaac sourit.

— Des activités d'intérieur ?

— Ouais. Dans un lit, sur le canapé, contre le comptoir

de la cuisine, sous la douche... énumérai-je de manière suggestive.

— Dans cet ordre ?

Je me mis à rire et le relevai.

— Tout ce que tu veux.

— Eh bien, d'accord, dit-il en se redressant et en s'approchant de moi.

Il inspira profondément et enfouit son nez dans mon cou, à la recherche de mon odeur.

— Dans cet ordre. Deux fois.

Je gémis et laissai échapper un rire avant de poser une main sur la soudaine douleur que je ressentais au niveau de mon aine.

— Alors, nous ferions mieux de partir.

Je pris mon sac à dos et tendis la poignée du harnais de Brady à Isaac. Je regardai les deux chiens.

— Allez, les enfants, tout le monde est prêt à partir ?

— Euh... intervint Isaac. C'est bien aux chiens que tu parlais en les appelant « les enfants » n'est-ce pas ?

— Ouais, dis-je en souriant.

Il secoua la tête et alors qu'il montait dans la Jeep, il ajouta :

— Oh, attends une minute !

— Quoi ?

— Le week-end prochain... Je ne peux pas faire de la randonnée avec toi. Nous avons un week-end de rangement à l'école.

— Un week-end de rangement ?

— Ouais, tu sais : nettoyage du jardin, rangement, entretien des arbres, élagage, ce genre de choses ?

— Tailler les arbres ? demandai-je, incrédule. Je ne veux pas paraître impoli, mais comment une personne aveugle peut-elle tailler un arbre ?

Isaac fit cliquer sa ceinture de sécurité.

— Je n'en ai aucune idée. Pour être tout à fait honnête, je ne savais même pas que nous avions des arbres, mais j'ose espérer que c'est le cas.

Je souris, ayant presque peur de demander.

— Pourquoi ?

— Parce que l'année dernière, Monsieur Grainger, le professeur d'art a pris un sécateur et a coupé quelque chose.

Je me mis à rire. De temps en temps, je me retrouvais face à l'un de ses traits d'humour aussi particuliers que ceux d'Hannah et j'espérais que c'était quelque chose qu'il me montrerait plus souvent.

— Isaac, est-ce que tu viens de faire une blague sur les aveugles ?

Il sourit.

— Non, Monsieur Grainger a vraiment pris un sécateur pour couper quelque chose. D'après ce qu'on m'a dit. Mais depuis, ils ont caché tout le matériel de jardinage et maintenant, personne ne sait où il est.

J'éclatai de rire et Isaac me suivit. Je portai sa main à mes lèvres et embrassai ses jointures.

— Pourrais-je venir avec toi ? demandai-je. Pour le week-end de rangement ?

— Bien sûr, dit-il, toujours souriant. Tu pourras chercher les sécateurs.

***

J'ÉTAIS VRAIMENT IMPATIENT de voir où Isaac travaillait. Je voulais savoir où il passait ses journées, ce qu'il faisait, pourquoi il aimait ça. J'avais déjà entendu tant de choses sur cette école et il me montra son travail, une fois à la maison, mais c'était en Braille, donc je n'avais toujours pas vraiment idée d'en quoi cela consistait. Je pouvais voir que c'était une méthode d'apprentissage, que c'était comme pour n'importe quelle autre langue, mais franchement, c'était source de confusion. J'avais du mal à l'imaginer apprendre tout ça alors qu'il n'était qu'un petit garçon. Et à chaque fois que je le voyais lire, cela m'étonnait toujours.

Nous avions pris Brady avec nous, bien sûr, mais Missy avait dû rester à la maison. Et tandis qu'Isaac faisait sortir son chien une fois arrivé sur le parking, il me demanda :

— Puis-je te présenter comme mon petit ami ?

— Bien sûr que tu le peux, répondis-je en souriant.

— Beaucoup d'entre eux ne savent pas que je suis gay, ajouta-t-il. Donc, je veux que tu me décrives en détail toutes leurs expressions faciales, s'il te plaît.

Je me moquai de lui.

— Oh, mon Dieu !

Il sourit et commença à se diriger vers le bâtiment.

— Tu viens ?

Il souriait toujours alors qu'il avançait. L'édifice lui-même, les salles de classe, l'installation tout entière étaient incroyables. Je pouvais voir pourquoi Isaac aimait être là – il avait passé des années ici, d'abord en étant un élève, puis en tant que professeur – et je sentis une pointe de tristesse au fait qu'il ne l'ait jamais vue.

C'était juste comme n'importe quelle autre école, ce qui me surprit un peu. Il y avait des posters sur les murs, des projets d'étudiants affichés, des notices sur des tableaux – certains écrits, d'autres en Braille – il y avait des classes de chaque côté du couloir et, d'après ma première impression, je n'aurais jamais deviné que c'était une école pour aveugles.

Jusqu'à ce que j'y regarde de plus près et vois l'équipement, les modèles sur les bureaux et remarque l'écriture en

Braille sur chaque panneau, porte ou information que je pus voir. Alors, je réalisai que c'était ce qu'Isaac faisait chaque jour.

Il donnait un but aux enfants.

— Wow, dis-je doucement. Cela ressemble à une école normale avec tous ces posters et ces tableaux.

Isaac sourit.

— Les élèves et les professeurs ne sont pas tous complètement aveugles. Les posters sont pour eux, autant que pour les visiteurs comme toi.

— Étonnant. C'est juste... Isaac cet endroit est incroyable.

Il souriait toujours.

— Vraiment ?

— Salut, Isaac, appela une vieille dame en s'avançant dans le couloir. Je suis si heureuse que vous ayez pu venir aujourd'hui.

Elle se retourna et me regarda du coin de l'œil. C'était évident qu'elle pouvait voir, mais qu'elle avait une vision limitée.

— Qui avez-vous amené avec vous aujourd'hui ?

— Marianna Turis, dit Isaac en l'appelant par son nom complet. Je voudrais vous présenter Carter Reece.

— Ah, dit-elle comme si elle savait déjà qui j'étais. Vous êtes ce fameux Carter dont j'ai tant entendu parler.

Cela me surprit qu'elle ait entendu parler de moi.

— En bien, j'espère.

Elle sourit.

— Oh, oui. Isaac ne dit que du bien de vous.

Me laissant à peine le temps d'apprécier ce compliment, Isaac reprit la parole.

— Carter, Marianna est la doyenne de notre

merveilleuse école. Elle est la patronne, celle qui nous tient tous occupés.

— Enfin, j'essaie, dit-elle en souriant. Où est Hannah ?

— Elle passe le week-end avec son mari. Elle a pensé que comme je venais avec Carter ici aujourd'hui, elle n'avait pas besoin d'être là et ils sont partis ce matin pour une petite escapade.

— Oh, c'est très bon pour elle, dit-elle chaleureusement.

C'était évident qu'ils s'appréciaient beaucoup tous les deux.

— Mais, je dois y aller. Carter, c'était agréable de faire enfin de votre connaissance.

— Oui, ravi de vous avoir rencontré aussi, dis-je, un peu perplexe.

Une fois qu'elle fut partie et que nous restâmes seuls dans la salle, je me penchai vers Isaac.

— Je croyais que personne ne savait.

— Personne à part elle, déclara-t-il en souriant. Je la connais depuis que j'ai huit ans. Nous parlons de beaucoup de choses. Elle sait que je suis gay depuis aussi longtemps que moi.

Et il ne plaisantait pas lorsqu'il avait dit qu'il allait me présenter comme son petit ami. C'est exactement ce qu'il fit. Il y eut quelques réactions surprises, surtout dans le genre « silence choqué » mais j'eus le sentiment qu'Isaac s'en contrefichait complètement.

C'était comme s'il était fier de m'appeler comme ça, comme s'il se souciait plus de mes sentiments que de leurs opinions. Son patron le savait, l'avait toujours su apparemment et c'était tout ce qui importait.

Je passai une grande partie de la journée avec Isaac, parfois dehors à aider les autres et je réalisai que ce n'était pas du tout pour du rangement. C'était plus une question de communauté. C'était à propos de ces gens, de leurs amis et de leurs familles, d'être ensemble pour faire quelque chose de constructif. C'était agréable.

Une fois que les gens avaient eu les trois informations de base d'une conversation avec moi – que mon nom était Carter Reece, que j'étais vétérinaire et que oui, j'étais ici avec Isaac – tout ce dont ils se souciaient était de savoir si j'avais une pelle ou un pinceau en main.

Lorsque nous nous arrêtâmes pour déjeuner, Isaac me dit qu'il voulait me montrer quelque chose. Je le suivis dans l'une des salles de classe.

— Tu voulais voir ce que je fais ? demanda-t-il de manière rhétorique. Eh bien, voici ma classe principale.

C'était une grande salle et, en dehors du matériel comme des écrans avec un équipement audio, il y avait des affiches sur le mur avec de grandes lettres et des pancartes en Braille, des photos et des empreintes de mains colorées.

Mais les petits bureaux attirèrent mon œil.

— Est-ce une classe pour les primaires ?

Isaac sourit.

— C'est là où j'enseigne aux plus jeunes, oui, expliqua-t-il. L'âge varie de six à dix ans.

Il se tenait à l'avant de la pièce, comme il le ferait si ses élèves étaient là.

Je jetai un coup d'œil dans la salle dont il était manifestement si fier.

— Qu'est-ce que c'est ? demandai-je, me dirigeant d'un côté de la pièce. Ces cartes avec tous ces trucs dessus ? Est-ce du sable ?

— Oui. Tous les enfants ne sont pas complètement aveugles, quelques-uns seulement, mais ils sont tous tactiles. Chacun d'entre eux apprend par le toucher. Donc lorsque nous lisons de nouveaux livres, nous mettons en place des cartes pour afficher certains mots avec leur description en Braille, mais lorsque nous avons les éléments dans une boîte devant, ou collés sur une affiche, les enfants peuvent non seulement apprendre le mot, mais aussi à quoi ils ressemblent par leurs doigts.

Il y avait des coquillages, du sable, de la paille, des feuilles, de l'herbe et de la saleté. Je pouvais tout à fait imaginer les enfants sentant les différentes textures des mots dans les livres qu'ils lisaient.

— C'est fantastique, Isaac.

Puis je vis la dernière affiche, seulement à moitié remplie.

— Morceaux de coton et fausse fourrure, dis-je en souriant. Est-ce pour le livre Peter Rabbit ?

Isaac hocha la tête.

— Oui, tu vois le pot de terre ?

Il y avait un petit tube de terre sur un plateau.

— Ouais.

— Nous faisons pousser des carottes, dit-il en souriant et en secouant la tête. Ils voulaient planter tout un potager.

— Isaac, c'est tout simplement incroyable. Tu es incroyable.

— Pas vraiment.

— Si, c'est vrai ! Tu ne fais pas qu'apprendre aux enfants à lire. Tu rends le livre réel, tu le rends vivant pour eux.

Il sourit.

— Je veux juste qu'ils aiment ça.

Puis, j'eus une idée.

— Isaac, si c'est d'accord avec toi, je pourrais amener de véritables lapins. Les enfants pourraient les caresser, les tenir.

L'expression d'Isaac devint incrédule.

— Tu ferais ça ?

— Bien sûr que je le ferais ! Si c'est d'accord avec ton patron, ou qui que ce soit à qui nous devions demander. Nous avons une femme au travail qui a un élevage de lapins nains à oreilles tombantes. Elle m'en a apporté la semaine dernière. Je suis certain que si je lui demandais, lui expliquant pour quoi j'en ai besoin, elle serait d'accord.

— Oh, Carter, les enfants adoreraient ça.

— Moi aussi, dis-je en souriant.

CHAPITRE DOUZE

VOIR ISAAC à son travail ce week-end avec cette histoire de rangement me le montra vraiment sous un nouveau jour. Mais le voir enseigner aux enfants dont il s'occupait fut très spécial.

Nous avions reçu la permission pour que j'apporte quelques lapins, donc j'avais reporté mes rendez-vous à la clinique vétérinaire pour tout un après-midi et avais amené deux des lapins les plus mignons pour sa classe.

— Nous avons un invité très spécial aujourd'hui, avec une surprise tout aussi spéciale, déclara Isaac aux enfants.

Il y en avait huit qui, comme il l'avait dit, étaient âgés de six à dix ans environ. Certains d'entre eux étaient comme Isaac, avec des yeux tout à fait normaux et pour d'autres c'était évident qu'ils étaient aveugles, mais ils avaient tous des sourires de la taille du Texas. Brady était couché près du bureau d'Isaac. Il releva les yeux et agita la queue lorsqu'il me vit.

— C'est le Docteur Reece et il est vétérinaire, expliqua Isaac à la classe. Il s'occupe d'animaux.

— Bon après-midi, filles et garçons, dis-je.

— Maintenant, que lisons-nous en ce moment en classe ?

— *Les Contes de Peter Rabbit*, répondit l'une des filles les plus âgées.

— Très bien, Georgia, dit Isaac, la reconnaissant seulement à sa voix. Donc, quelle sorte d'animal pensez-vous que le Docteur Reece pourrait nous avoir amené aujourd'hui ?

— Un lapin ! répondirent-ils en chœur.

Leur excitation était palpable. Ils criaient, bavardaient et, si c'était possible, leurs sourires s'élargirent encore. Nous les fîmes s'asseoir par terre, formant une sorte de cercle et je sortis un petit lapin nain aux oreilles tombantes de la caisse. Je m'avançai vers Isaac.

— Là, tiens celui-ci. Garde-le tout contre ton corps.

Isaac posa ses mains sur sa poitrine et je lui remis le lapin nain. Il n'était pas beaucoup plus grand que sa main.

— Garde une main sur ses pattes arrière comme ça, dis-je, prenant sa main dans la mienne pour la déplacer afin qu'il tienne convenablement le lapin. Il est peut-être petit, mais il a beaucoup de force dans ses pattes arrière.

Isaac sourit.

— Il est si doux.

— Bien sûr ! répondis-je.

Isaac s'assit au milieu des enfants, laissant chacun sentir la douce fourrure, les oreilles molles, les contractions de son nez et la petite queue de coton. Je m'agenouillai en tenant l'autre, un lapin plus docile, laissant les enfants le tenir tour à tour.

Les expressions sur leurs visages, leurs sourires étaient magnifiques. Après que chaque enfant ait tenu au moins l'un des lapins, je les remis dans leur boîte, et c'est alors que les questions fusèrent. De quel genre d'animaux je m'occupais ? Quel était le plus gros animal que j'avais soigné ? Quel était le plus petit ? Avais-je un singe ?

Je me mis à rire.

— Non, je n'ai pas de singe. J'ai un chien, ajoutai-je. Son nom est Missy, elle est noir et blanc avec une longue fourrure que je dois brosser presque tous les jours.

— Comme des cheveux ?

— Oui, tout comme tes cheveux.

— Elle est jolie ? demanda une petite fille. Est-ce que vous mettez des nœuds dans ses cheveux ?

— Elle est jolie sans nœud, répondis-je en souriant.

— Peut-elle faire des tours ?

— Certains. Elle peut s'asseoir, rester immobile, rouler, chercher.

— Vous occupez-vous d'autres chiens comme le Brady de Monsieur Brannigan ? demanda un petit garçon avec des lunettes vraiment épaisses

— En fait, Brady est le premier chien guide dont je m'occupe, répondis-je. Et c'est le chien le plus habile que j'ai jamais rencontré.

Puis je regardai Isaac.

Il avait l'air... choqué, je pense. Mais surtout, il avait l'air irrité. Son visage était tourné, comme s'il rejetait le son de ma voix et je pouvais voir que sa mâchoire était serrée. *Merde !*

— Très bien, dis-je à la classe. J'ai été très heureux de vous rendre visite, mais je ferais mieux de ramener les lapins chez eux.

Isaac se trouvait en face de moi, mettant une distance très perceptible entre nous. Non pas que je m'attendais à ce qu'il soit près de moi, mais il était à peu près aussi loin que possible avec les bras croisés. Et sans un mot, son langage corporel m'indiquait que j'avais franchi une certaine ligne invisible. Il demanda à la classe de me remercier, ce qu'ils firent, puis me rejeta purement et simplement.

Je rendis les lapins à leur propriétaire, lui disant qu'elle avait rendu huit enfants très heureux, puis je retournai au travail. Je restai plus tard que je n'aurais dû, mais je devais rattraper certaines paperasses que j'avais mises de côté en me rendant à l'école d'Isaac.

Ainsi son humeur changeait rien qu'en mentionnant le fait que Brady était un bon chien. Je repensai à toutes les fois où j'avais voulu lui demander pourquoi il ne montrait aucune affection au chien, aucune reconnaissance et je fus tristement soulagé de ne l'avoir jamais mentionné.

Ma première réaction fut de faire marche arrière et de lui laisser de l'espace. Cela avait toujours été ma réaction initiale et instinctive : battre en retraite et me regrouper. Je détestais les confrontations et les évitais à tout prix. Donc, si cela n'avait tenu qu'à moi, je lui aurais laissé du temps jusqu'à ce qu'il veuille en parler.

Mais il ne pouvait pas supporter le silence. C'était ce qu'il m'avait dit : « *c'est déjà assez difficile que j'aie perdu la vue sans avoir en plus à supporter le silence* ».

Donc, je pris mon téléphone et l'appelai. Je savais qu'il devait être rentré maintenant, qu'il entendrait son téléphone et je savais que la voix synthétique lui dirait que c'était moi qui l'appelais. Mais il ne répondit quand même pas.

Tant pis pour ce qui était de supporter le silence.

J'essayai de nouveau de l'appeler avant d'emmener Missy faire une promenade et à nouveau en rentrant. Mais lorsque j'appelai encore une fois avant d'aller me coucher et qu'il ne répondait toujours pas, je laissai un message bien senti.

« *Tu m'as dit que tu ne voulais pas avoir à supporter le*

silence, mais ce que tu aurais dû me dire c'était que tu ne pouvais pas le supporter quand il est dirigé contre toi. Tu sembles parfaitement capable de le gérer de ton côté. Donc, tu voulais savoir quand j'étais en colère après toi ou quand tu t'étais comporté comme un imbécile, non ? Eh bien tu sais quoi ? Je suis en colère et tu es un crétin ».

La boîte vocale me coupa la parole, ce qui ne fit que m'énerver davantage. Donc, je rappelai aussitôt et, bien sûr, fus directement renvoyé sur la messagerie.

« Tu sais, je n'étais pas en colère après toi plus tôt, mais je le suis maintenant. Parce que tu m'infliges ce silence après m'avoir spécifiquement demandé de ne pas en faire autant. Pourquoi ce que j'ai dit t'a-t-il autant énervé ? Je ne le saurai jamais, mais ta putain de réaction n'est qu'un enfantillage ».

Après avoir arpenté le sol et m'être tiré les cheveux, maugréant tout le temps à Missy qu'Isaac allait me faire mourir bien avant l'âge, j'eus l'impression de m'être comporté comme un salaud, je rappelai une troisième et dernière fois et laissai un message très simple et très calme : *« Je t'aime ».*

ISAAC ME RAPPELA avant le petit déjeuner.

— Pouvons-nous parler ? demanda-t-il. Peux-tu venir après ton travail ?

Je soupirai.

— Ça dépend. Si c'est un bon « nous avons besoin de parler de tout ça » ou un mauvais « ce n'est pas toi, c'est moi » genre de conversation ?

Il réprima à peine un petit rire.

— Es-tu toujours en colère après moi ?

— Oui, répondis-je rapidement.

Puis j'y repensai. Étais-je en colère contre lui ? Je soupirai à nouveau.

— Non.

— Oh, Carter, dit-il doucement. Tu sais ce que j'aime chez toi ?

Je secouai la tête. Seigneur, cet homme était tuant.

— Pour être honnête, Isaac, je n'en ai pas la moindre idée.

— Je te le dirai si tu viens après le travail.

Je poussai un profond soupir, bien fort, et secouai la tête.

— Essaies-tu de me faire chanter ?

— Est-ce que ça marche ?

— Peut-être.

Je souris devant notre badinage familier.

— Tu es vraiment impossible.

— Cela fait partie de mon charme.

Je souris malgré le fait que j'étais toujours en colère après lui.

— Très bien, je viendrai après le travail.

Il soupira de soulagement.

— Merci.

— Et... Isaac ?

— Ouais ?

— Tu as besoin de travailler sur ce qui fait ton charme.

J'ARRIVAI chez Isaac juste au moment où Hannah partait, ce qui était, je pense, un stratagème délibéré pour me parler en aparté.

Alors que je sortais de ma Jeep, elle me sourit comme toujours, mais son sourire était teinté de tristesse. Je lui fis un clin d'œil, puis lui demandai comment elle allait, ainsi que Carlos, quels étaient leurs plans pour ce glorieux vendredi soir glacial. Nous parlâmes quelque temps, essayant d'ignorer la question inévitable.

Puis elle releva la tête et sourit.

— Je suis contente que vous soyez venu.

Je m'appuyai contre ma Jeep et hochai la tête.

— Hannah, j'aime votre frère, mais il a un putain de mauvais caractère.

Elle se mit à rire, comme si je venais de lui dire que le ciel était bleu.

— Il m'a avoué qu'il vous avait mis en colère.

Ses yeux se firent tendres.

— Il m'a laissé écouter vos messages, ils étaient très doux.

J'avais l'habitude maintenant et savais qu'ils n'avaient aucun secret l'un pour l'autre.

— Il est exaspérant.

Elle rit et me regarda avec des yeux chaleureux.

— Ne le laissez pas s'en tirer trop facilement.

— Je n'ai pas du tout l'intention de le laisser s'en tirer avec quoi que ce soit, dis-je en souriant.

Hannah me sourit et remit son écharpe.

— Allez à l'intérieur, ne restez pas dans ce froid.

J'entrai dans la maison et fermai la porte derrière moi.

— Isaac ?

— Dans la cuisine.

Je traversai le salon et il était là, sans lunettes de soleil, se tenant devant la gazinière, préparant ce qui semblait être un dîner.

— Hey, dis-je doucement.

— Hey.

Ce fut silencieux entre nous pendant un moment,

aucun de nous ne sachant trop quoi dire. Il se tourna pour remuer la grande casserole sur la cuisinière.

— Que prépares-tu ? demandai-je.

Il haussa les épaules.

— C'est juste une soupe de légumes. Je coupe quelques légumes, les jette dans un peu de bouillon que je porte à ébullition. Même moi, je peux le faire. Hannah me dit tout le temps qu'être aveugle ou voyant ne ferait aucune différence dans ma manière de cuisiner. Mes plats ne sont pas vraiment bons apparemment, dit-il tristement. Mais je peux faire une soupe de légumes.

— Ça sent bon, dis-je en souriant.

— Tu es plus que bienvenu si tu veux rester manger.

Je ne répondis pas à son offre de rester. Au lieu de ça, je pris une profonde inspiration.

— De quoi veux-tu parler ? demandai-je.

Il se tourna pour me faire face et prit un petit moment avant de me répondre.

— Je suis désolé pour hier, dit-il doucement. Tu t'es arrangé pour venir à l'école apporter des lapins pour les enfants et j'ai mal agi avec toi. Je suis vraiment désolé.

Je soupirai.

— Tu arrives vraiment à faire de tes excuses un art à part entière, n'est-ce pas ?

Son visage se tendit.

— Je le fais souvent, confessa-t-il. Apparemment, je suis du genre parfaitement odieux et j'ai tendance à me montrer grossier.

Il disait ça comme s'il citait Hannah.

— Tu as oublié de mentionner ton mauvais caractère, ajoutai-je volontairement.

— Oh ! Et j'ai mauvais caractère.

Je secouai la tête et souris en le regardant.

— Et beau.

Son sourire disparut.

— Tu me pardonnes ?

Je pris sa main.

— Tu me demandes de ne pas rester silencieux, de ne pas t'ignorer et de répondre à tes appels lorsque tu me téléphones, puis tu reviens sur ce que tu as dit et tu fais exactement le contraire. Isaac, ce n'est pas juste.

— Je sais et je suis désolé.

— Que dirais-tu si nous essayions d'avoir moins de disputes, moins d'excuses et que tu essayais plus de me dire ce qui te tracasse ou ce que j'ai bien pu faire pour mériter ça ?

Il hocha la tête.

— Ça me paraît juste.

— Peux-tu m'expliquer ce que j'ai bien pu dire en classe hier qui t'a énervé ?

Isaac hésita.

— Euh... Certains jours sont plus faciles que d'autres. Certaines choses sont inattendues et m'énervent et lorsque mon tempérament s'en mêle... Tu as mentionné Brady...

— Et ?

Il haussa les épaules, ne sachant pas vraiment comment faire pour m'expliquer ce qu'il essayait de me dire.

— Et je me suis senti coupable...

— Coupable ?

Je posai mes mains sur ses épaules.

— Isaac, tu n'as aucune raison de te sentir coupable d'avoir un autre chien.

— Je sais, mais certains jours j'ai l'impression de trahir ce que j'avais avec Rosie.

Il haussa de nouveau les épaules.

— Je ne peux m'empêcher de ressentir ça.

— Je sais, bébé. Et tu as le droit de ressentir ce que tu veux, mais je suis sûr que Rosie comprendrait, dis-je en l'attirant vers moi.

Je passai mes bras autour de lui et je savais que notre conversation sur Rosie ou Brady était terminée, alors je le laissai volontiers un peu tranquille avec ça pour le moment. C'était un sujet sur lequel je savais que nous aurions à discuter à un moment donné. Lorsqu'il se sentirait prêt, nous en reparlerions. Mais il y avait une petite partie de moi qui ne voulait pas poser la question avant qu'il ne soit prêt, parce que je ne voulais pas risquer ce que nous avions. Il s'ouvrait à moi, lentement, mais sûrement. Chaque jour était un petit pas en avant pour percer le mystère de qui était Isaac Brannigan. Encore une fois, je changeai de sujet.

— Bien sûr que je te pardonne, dis-je, relevant son menton pour que je puisse l'embrasser. Alors maintenant, vas-tu me dire ce que tu aimes à propos de moi ?

Il sourit enfin.

— Que tu ne me traites pas comme si j'étais différent. Que tu fasses comme si j'étais n'importe qui d'autre. Que tu ne cherches pas à m'envelopper dans un cocon, que tu ne me cèdes pas en tout, que tu n'essaies pas de tout faire à ma place. Et que tu ne me passes aucune de mes conneries, dit-il avant de conclure : que tu ne me traites pas comme si j'étais aveugle.

— Cela n'a jamais été un problème pour moi, répondis-je honnêtement. Je ne te traite pas différemment parce que tu n'es pas différent.

Isaac sourit.

— Et c'est pourquoi je t'aime.

Je l'attirai contre moi encore une fois et, pendant un bon moment, nous restâmes juste comme ça, debout dans la cuisine, nous tenant l'un à l'autre. Il y avait toujours des poussées et des tractions avec cet homme : il me tirait comme s'il ne pouvait pas vivre sans moi, puis me repoussait comme s'il n'avait pas du tout besoin de moi. Je savais que c'était la façon qu'il avait d'apprendre à me laisser l'aimer, jusqu'à ce qu'une autre crainte le fasse me repousser à nouveau. Il avait connu tant de pertes dans sa vie. Je ne pouvais pas le blâmer pour ses réserves.

Mais ses murs s'abaissaient lentement. Il venait de m'avouer qu'il se sentait coupable d'avoir Brady, comme s'il trahissait la mémoire de sa bien-aimée Rosie. Il venait d'admettre, malgré lui, qu'il aimait Brady et qu'il avait du mal à faire face à ce que cela lui faisait ressentir à propos de Rosie, le chien qui l'avait vu traverser quelques-uns des moments les plus difficiles de sa vie.

Les bras d'Isaac se resserrèrent autour de moi.

— Vas-tu rester ce soir ?

Je reculai et pris son visage dans la coupe de mes mains.

— Je dois rentrer à la maison. Missy est seule là-bas et la maison sera glaciale si je n'allume pas de feu.

Gardant ses mains à mes côtés, il posa son front contre ma joue et parla en regardant le sol.

— Tu pourrais aller la chercher et revenir. Tu voulais retourner sur les sentiers de Wompatuck, ajouta-t-il. Nous pourrions y aller demain, passer la journée comme tu le voulais.

Je souris et embrassai sa tempe. Je n'avais pas l'intention de rester, mais le fait de le sentir entre mes bras, de le serrer contre moi, je sentis fondre ma détermination.

— Bien.

Avec les yeux fermés et les mains empoignant ma chemise, il fit courir son nez le long de ma mâchoire.

— Ne t'absente pas trop longtemps.

Je soulevai son visage et l'embrassai profondément,

plongeant ma langue dans sa bouche, puis, tirant lentement sa lèvre inférieure entre les miennes. Il gémit et je souris.

— Garde ça pour plus tard, le taquinais-je. Je serai bientôt de retour.

Il gémit cette fois-ci à haute voix et je sortis mes clefs, me dirigeant vers la porte.

— Ce n'est pas juste ! s'écria-t-il.

J'éclatai de rire, puis souris tout le long du trajet. Mais j'étais de retour chez lui en un rien de temps.

———

IL M'AVAIT DIT qu'il voulait essayer quelque chose et vu combien il était nerveux et timide lorsqu'il me l'avait demandé, ma curiosité était piquée.

Nous avions fini de dîner et il m'épingla sur le canapé, se mettant à cheval sur mes hanches pour m'embrasser.

— Qu'est-ce que c'est ? demandai-je, trop curieux pour cacher mon excitation.

Il sourit timidement.

— Je vais te montrer.

Il balança sa jambe au-dessus de moi et se releva, me prit par la main et me conduisit dans le couloir menant à sa chambre à coucher. Il s'arrêta au pied du lit et libéra ma main, mais se dirigea vers sa commode.

— J'ai ça, dit-il doucement.

Environ une douzaine de choses me traversèrent l'esprit alors qu'il me tournait le dos, puis il fit demi-tour et je vis ce qu'il tenait entre ses mains. C'était l'un de ces morceaux de tissu noir que les gens portent lorsqu'ils voulaient dormir.

C'était un bandeau pour les yeux.

— Ma psy m'en a donné beaucoup, pour que ma famille

les porte, dit-il doucement. Pour qu'ils puissent être capables de comprendre ce que cela fait d'être comme moi.

— Isaac…

— Tu n'as pas à le porter, me coupa-t-il. J'ai juste pensé que tu pourrais le vouloir, tu sais, afin que tu puisses savoir ce que c'est que d'explorer, d'avoir des relations sexuelles juste par le toucher.

Eh bien, présenté comme ça…

Je pris le bandeau et glissai l'élastique derrière ma tête, fixant la partie douce devant mes yeux. Et mon monde devint sombre.

Les mains d'Isaac se posèrent sur mon visage et ses doigts habiles vérifièrent le bandeau, veillant à ce qu'il soit bien positionné. Puis, il m'embrassa. De manière douce et lente, sa bouche, ses lèvres me caressèrent. Il déboutonna ma chemise, embrassant mon cou en se penchant, arracha mon maillot de corps et déposa une pluie de baisers sur ma poitrine.

Il attrapa mon sexe à travers mon jean, le frottant et le serrant, avant d'ouvrir le bouton de ma braguette. Faisant glisser mon jean, il prit ma longueur dans ses mains et enroula ses doigts sur moi.

Tout ce que je pouvais ressentir était la chaleur de son souffle sur ma peau, ses lèvres et sa langue lorsqu'il la léchait, la chaleur de ses doigts, de ses mains alors qu'il tirait et serrait. Je pouvais sentir son odeur, le parfum de son déodorant. Et lorsque je le touchai, faisant courir mes mains sur ses bras, sur ses côtés, autour de sa taille, sur son cul, je sentis le grain de sa peau.

— Allonge-toi, demanda-t-il d'une voix rauque. Face contre les oreillers.

Merde.

Je m'agenouillai sur le lit, puis me couchai comme il

l'avait demandé. Je pouvais l'entendre se déshabiller. J'avais l'impression que ma peau était vivante, l'anticipation exacerbait chacune des cellules de mon corps. Je sentis sa main sur mon pied, puis le lit s'enfonça et ses mains remontèrent le long de ma jambe et sa bouche suivit le même chemin.

Il lécha, embrassa, toucha, appuya et pressa et tout ce que je pouvais faire était de ressentir. Et d'écouter. C'était vrai que les autres sens étaient exacerbés lorsqu'un était manquant, les sensations que je ressentais étaient amplifiées. Chaque caresse, chaque mouvement, chaque son.

Ses mains couraient sur l'arrière de mes cuisses et je pouvais sentir son souffle également, ce qui m'indiquait que son visage était proche de ma peau. Puis ses mains tâtonnèrent mes fesses, les pétrirent, les malaxèrent et ses lèvres, sa bouche prirent le relai et il me mordit. Puis, il écarta mes globes, je sentis sa langue, chaude et humide, tandis qu'il me léchait.

Je lui avais déjà fait une feuille de rose auparavant et il avait aimé ça, mais jusqu'à présent, il ne m'avait jamais retourné la faveur. J'avais toujours été le seul à prendre en charge nos relations, à être sur le dessus, à interpréter ses réactions, à m'occuper de lui. Mais il était en charge maintenant, s'occupant de tout.

J'empoignai l'oreiller, inondé de sensations, relevai les hanches pour lui et écartai les cuisses. Je le désirais. Je voulais qu'il vienne en moi. Et quand il embrassa ma colonne vertébrale et murmura près de mon oreille :

— Carter, s'il te plaît ?

Je savais ce qu'il voulait.

— Oui, chuchotai-je. Seigneur, oui !

Il se pencha juste au-dessus de moi et j'entendis qu'il

ouvrait le tiroir de la table de chevet. Il ne trembla pas. Il n'hésita pas. J'entendis le bruissement du papier.

— Tourne-toi, bébé.

Lorsque je fus sur le dos, il prit ma main et me donna le préservatif et la bouteille de lubrifiant.

— Tiens-les pour moi.

Il manœuvra mes jambes, se glissa entre mes cuisses, puis il commença à embrasser ma bouche, mon cou, mon torse, s'attardant sur mes mamelons. Ses longs doigts caressèrent chaque centimètre de peau, chaque muscle, chaque infime partie de moi. Et il descendit sur mes abdominaux, mon nombril, encore plus bas jusqu'à ce que sa bouche trouve mon sexe endolori.

Puis ses doigts furent en moi, m'étirant, comme je le lui avais fait. Lentement et sensuellement. Je pouvais tout sentir. La manière dont ils bougeaient en moi, sa bouche sur moi... jusqu'à ce que je me cambre sur le lit, explosant dans sa gorge, il avala tout ce que je lui donnais. Partiellement satisfait, mais me tordant toujours, gémissant, j'avais tout de même besoin de plus.

Je levai une main qui me parut lourde, celle qui tenait toujours le préservatif.

— S'il te plaît, Isaac.

Cela faisait longtemps que je n'avais pas été le passif – et jamais avec Isaac – mais c'était si bon. J'avais besoin de ça. *Nous* avions besoin de ça.

Avec le bandeau toujours sur mes yeux, il me pénétra enfin et nous bougeâmes en rythme, nous touchant, nous retenant. Tous les deux aveugles mais ressentant, entendant tout. Vraiment tout : son pouls, les battements de son cœur, son sexe l'intérieur de moi, partout autour de moi.

Puis, je sentis les allées et venues de son membre en

moi, je sentis son corps trembler, se plier et il gémit, le son le plus doux que j'ai jamais entendu alors qu'il jouissait.

Il s'effondra sur moi, murmurant des mots d'amour, profitant de sa rémanence tandis que son orgasme se calmait.

Sans retirer le bandeau, je passai mes bras autour de lui, nous roulâmes sur le côté, tirâmes les couvertures sur nous et nous endormîmes.

— JE NE PEUX PAS CROIRE que tu nous fasses prendre le bus.

Je souris.

— Je ne peux pas croire que tu continues à te plaindre de ça. Au moins, tu as arrêté de pleurnicher à propos du bonnet de laine.

Il tourna son visage vers moi.

— Je dois ressembler à un imbécile.

— C'est l'hiver ! dis-je en riant. De toute façon, tu as l'air sexy avec ta veste de marque, ton pantalon Armani et ton bonnet noir.

— Sexy ? S'il te plaît ! marmonna-t-il.

Je secouai la tête.

— Tu n'as aucune idée comme tu as l'air beau comme ça. Combien tu es sexy. Des filles *et* des gars te regardent tout le temps. Ils me regardent aussi mais sans doute pour se demander ce qu'un homme comme toi peut bien faire avec quelqu'un comme moi.

— Puis ils voient le chien guide, grogna-t-il en fronçant les sourcils.

— Oui, puis ils voient le chien guide et *alors* seulement ils comprennent ce que tu fais avec moi, plaisantai-je.

Mais il ne rit pas.

— Oh, allez ! C'était drôle, dis-je en lui donnant un coup de coude. Tu n'as pas compris ? Ils se demandent ce que fait un mec mignon comme toi avec un gars quelconque comme moi, puis lorsqu'ils voient Brady, ils réalisent que tu es avec moi parce que tu ne peux pas voir à quoi je ressemble ?

Isaac soupira.

— J'avais compris la blague, Carter. C'est juste que ce n'est pas drôle.

— Alors pourquoi essaies-tu de ne pas sourire ?

Il secoua la tête, mais un sourire se dessina sur ses lèvres.

— Tes blagues sont merdiques, elles sont aussi mauvaises qu'une pipe ratée.

— Tu ne t'es jamais plaint de ma capacité à te sucer avant.

Cette fois, il se mit à rire.

— Promets-le-moi, plus de blagues !

Juste à cet instant, le bus apparut.

— C'est à nous, dis-je.

Après avoir grimpé et payé notre ticket, je réalisai à quel point cela devait être intimidant pour Isaac de monter simplement dans un bus. Un bus qui pouvait potentiellement l'emmener n'importe où, le déposer Dieu seul savait où. Je frémis à la pensée de ce qui se passerait s'il prenait le mauvais bus, descendait au mauvais arrêt ou si certains trous du cul le suivaient en pensant qu'il faisait une cible facile.

Et pendant tout ce temps, j'avais pensé qu'Isaac avait des problèmes pour faire confiance aux gens, alors que la vérité était qu'il faisait plus confiance aux gens que je n'avais pu l'imaginer. Il s'appuyait sur la bonté d'étrangers, comme un chauffeur de bus ou un passager pour lui dire quelle était la direction qu'il prenait, où s'arrêter et descendre. Je m'imaginai assis dans un bus avec les yeux fermés, n'ayant aucune idée de l'endroit où j'étais, où j'allais ni même qui était autour de moi et un sentiment de peur se développa très rapidement.

Il m'étonnait, cet homme assis à côté de moi. Son courage, sa confiance, sa foi en lui-même, sa bravoure. Je serrai sa main.

— Tu vas bien ? me demanda-t-il tranquillement, me retournant mon attention.

— Bien sûr.

— Penses-tu que tout va bien se passer pour Missy ?

— Oh, bien sûr, répondis-je. Elle est probablement déjà endormie sur le lit de Brady… Ou dans le tien.

L'expression de son visage fut inestimable. Je me mis à rire et il grogna.

— Je croyais avoir dit : plus de plaisanteries.

— Je ne plaisantais pas, dis-je en souriant.

LE PARC ÉTAIT PARFAIT. Le temps, plus frais, signifiait qu'il y aurait moins de trafic, moins de gens. Nous prîmes le petit sentier qui menait au lac, profitant de la solitude et du silence. Lorsque nous nous arrêtâmes pour déjeuner, nous nous assîmes à une table de pique-nique, le dos appuyé contre elle, face à l'eau et je décrivis le paysage.

— Il y a un tapis d'oranges, de jaunes et de bruns. Le sol est recouvert de feuilles. Il reste quelques arbres avec un peu de vert, mais pas beaucoup. La surface du lac ressemble à du verre noir.

Je soupirai.

— C'est vraiment très beau.

— Ferme les yeux, dit Isaac en souriant.

Il attendit quelques secondes.

— Sont-ils fermés ?

— Oui.

— Alors, écoute.

Je pris une profonde inspiration et m'ouvris au monde autour de moi. Au début, tout ce que je pus entendre fut le silence, puis je perçus quelques sons : des chants d'oiseaux, le rire lointain d'autres randonneurs, d'autres oiseaux, le bruissement des feuilles, les doux bruits de l'eau.

— Peux-tu l'entendre ? demanda Isaac.

— Chhhh !

— Je te l'avais bien dit.

— C'est magique, merci, dis-je en souriant, ne voulant pas ouvrir mes yeux. Merci pour aujourd'hui, pour m'avoir montré cet endroit.

— Le vent devient froid, dit-il comme s'il exprimait une pensée à voix haute.

— Ouais, acquiesçai-je. Nous ferions mieux de prendre le départ de l'autre sentier. À quelle heure le chauffeur nous a-t-il dit que le dernier bus passait ?

— Quatre.

— Nous n'allons pas rester ici aussi longtemps, n'est-ce pas ? Il fera alors sombre et froid.

Isaac hocha la tête.

— Oui, bien que pour moi, il fasse déjà nuit et que je ne vois pas où je vais.

— Très bien, petit futé. Tu sais ce que je veux dire.

Je commençai à remballer les restes de notre petit pique-nique, donnant à Brady d'autres friandises au foie que j'avais apportées pour lui et pendant que je vidais sa gamelle d'eau, je le caressai rapidement.

Isaac se figea, comme s'il savait malgré tout que j'avais touché son chien. Peut-être avait-il senti le harnais bouger, ou avait-il entendu les poils de sa fourrure ou quelque chose comme ça. Mais il ne dit rien. Il se retourna simplement comme s'il ne pouvait pas croire que je venais de faire ça.

— Nous sommes prêts ? demandai-je, faisant semblant de n'avoir rien remarqué.

Il hocha la tête et resta calme pendant que nous marchions le long de la piste, jusqu'à la route principale, donc je comblais le vide du silence, parlant de tout, notamment de Mark jusqu'à ce que nous atteignîmes les deux sentiers lointains.

— Hey, bébé, dis-je en regardant le ciel. Nous devrions prendre la piste la plus courte et attraper un bus plus tôt. Il y a des nuages qui arrivent.

Nous avons donc choisi le sentier le plus facile et le plus court, mais il était tout de même relativement difficile. Il ne ressemblait en rien aux chemins que j'avais l'habitude de prendre à Hartford, mais agréable tout de même. La piste n'était assez large que pour une seule personne à la fois, si bien qu'Isaac et Brady passèrent les premiers et je les suivais de près.

Nous ne pouvions pas vraiment parler, tandis que nous marchions le long du sentier et qu'Isaac se concentrait sur les commandes de son partenaire à quatre pattes. Je restais émerveillé par l'intelligence de Brady. Comment il réagissait et comment Isaac interprétait ces indices, leur entente était tout simplement spectaculaire. En tant que petit ami d'Isaac, quelqu'un qui l'aimait, je savais que Brady était spécial pour l'indépendance et le sentiment de sécurité qu'il apportait à Isaac, mais d'après la perspective d'un vétérinaire, je trouvais vraiment que ce chien était extraordinaire. Je savais que c'était le but de Brady, que c'était son rôle dans la vie. La partie logique de mon cerveau savait que le chien avait un travail à faire. En fin de compte, c'était la raison pour laquelle il était avec Isaac.

Mais il était bien plus que ça.

C'était un animal de compagnie. Il faisait partie de la famille d'Isaac. Et j'aimais simplement les voir travailler ensemble, comme une équipe. Comme des amis.

Et alors que nous revenions vers l'entrée principale et finîmes par nous laisser tomber sur un banc pour attendre le bus, je souriais toujours. Les nuages arrivaient, toujours plus menaçants, et la météo avait prévu de la pluie pour une grande partie de la semaine si bien qu'il y avait encore moins de gens dehors.

Je tendis à Isaac une bouteille d'eau, remplis une gamelle pour Brady et puis, sans même que je puisse m'en empêcher, je le caressai, je le gratouillai derrière les oreilles, puis enfouis la main dans son cou.

— Tu es un bon chien, dis-je et j'obtins des yeux souriants et une langue pendante sur le côté en guise de remerciements.

Isaac, d'autre part, ne montra aucun signe de reconnaissance.

Mais je devais faire quelque chose. Je ne pouvais plus rester là et regarder ce merveilleux chien passer inaperçu, rester ignoré plus longtemps.

— Désolé, bébé, dis-je à Isaac, je sais que je ne suis pas censé le caresser lorsqu'il travaille, mais il ne le fait pas en ce moment et il t'a *si* bien guidé aujourd'hui. Il m'a impressionné et tous les deux, vous formez une équipe incroyable.

Avant qu'il ne puisse dire quoi que ce soit, le bus arriva. Je n'avais jamais été un grand fan des transports en commun, mais je n'avais jamais été aussi heureux de ma vie de voir arriver un bus. Il me sauva de la diatribe sèche et courte qu'Isaac n'allait sans doute pas manquer de m'adresser.

Mais il ne le fit pas. Il s'assit dans le but, la tête appuyée contre la fenêtre, les yeux fermés.

— Tu vas bien ?

— Hmm... Fatigué.

J'acquiesçai en signe de compréhension. Non, il n'y aurait pas de rodomontade, pas d'excès de mauvaise humeur. Mais j'avais droit au silence.

Putain de merde !

Au moment où nous arrivâmes chez lui, il n'avait toujours pas parlé. Peut-être qu'il était vraiment fatigué, mais j'en doutais. Il retira le harnais de Brady et lui donna de l'eau fraîche et de la nourriture pendant que je m'occupais d'une Missy plutôt enthousiaste. Lorsque nous eûmes fini de nous dire bonjour, nous nous dirigeâmes vers la cuisine.

— Isaac, je suis désolé si ce que j'ai dit plus tôt à propos de Brady t'a bouleversé. Mais nous avons promis de parler de tout ça, tu te souviens ?

Il haussa les épaules.

— Je suis juste très fatigué tout à coup, c'est tout.

Je ne le crus pas.

— Isaac...

— J'ai vraiment passé une bonne journée, me coupa-t-il sèchement. Mais je suis fatigué.

— Veux-tu que je te fasse couler un bain ?

— Non, merci, dit-il en secouant la tête. Mais pourrais-tu brancher l'alarme en partant, s'il te plaît ?

Il me rejetait à nouveau. Sans même une putain d'explication.

— Tu sais quoi ? dis-je sèchement. J'ai passé un très bon moment aujourd'hui aussi. Jusqu'à maintenant. Jusqu'à ce que tu commences à te renfermer sur toi-même et restes silencieux.

Il tourna la tête, sa mâchoire était serrée. Mais il ne dit rien.

J'étais si foutrement en colère contre lui.

— Bien sûr que je vais y aller. Mais Isaac, tu dois bien comprendre quelque chose, dis-je en attrapant mes affaires. Oui, je t'aime. Et je suis vraiment désolé de te décevoir, mais j'aime aussi Brady. Je l'aime comme j'aime Missy. Je suis un vétérinaire. J'adore les animaux. C'est ce que je suis. Et tu as un des chiens les plus beaux, les plus intelligents que j'ai jamais rencontrés.

Puis je fis une pause, toute colère ayant disparu de ma voix.

— Je sais que tu aimais Rosie et je ne doute pas qu'elle était spéciale. Mais tu rates complètement ce qui se tient juste en face de toi. Tu es si froid avec Brady, Isaac, alors qu'il est merveilleux.

Isaac me tournait le dos. Je ne pouvais donc pas voir à quel point mes paroles l'affectaient, mais je n'avais aucun doute : elles avaient atteint leur but. Bien. J'avais besoin de le dire et il avait besoin de l'entendre.

J'appelai Missy, qui vint immédiatement à mon côté. Je suppose que j'avais encore franchi une ligne et que maintenant c'était à lui de décider de la suite.

— Isaac, je t'appellerai après le travail, mardi.

Je m'avançai jusqu'à la porte d'entrée.

— Tu pourras alors me dire si tu veux toujours être avec moi ou non.

CHAPITRE TREIZE

JE RENTRAI à la maison et au lieu d'emmener Missy pour sa traditionnelle promenade, nous allâmes faire du jogging. Malgré le fait que j'avais marché toute la journée au parc, j'avais besoin de relâcher toute l'énergie négative.

Isaac. Putain de merde ! Quel homme impossible.

Je savais qu'il avait ses raisons, mais combien de temps encore allais-je justifier son mauvais comportement ? Son attitude blessante ?

Je ne le savais pas.

Mark me téléphona ce soir-là, puisque nous étions un dimanche et qu'il le faisait toujours. Il put sentir tout de suite que quelque chose n'allait pas.

— Quoi de neuf ?

— Isaac, gémis-je.

— Oh, dit-il tranquillement. Qu'a-t-il encore fait ?

Mark savait tout. Il était au courant de nos désaccords, savait la distance qu'Isaac s'auto-infligeait à l'égard de Brady, connaissait sa tendance à réagir trop vite. Il savait enfin combien je l'aimais.

Donc je lui racontai ce qui s'était passé : la belle journée que nous avions eue et comment tout était parti en vrille lorsque j'avais montré de l'affection à Brady. Je lui répétai ce que j'avais dit ainsi que le fait que je lui avais donné un ultimatum jusqu'à mardi pour décider de notre avenir ensemble.

— Tu sais ce dont tu as besoin ? demanda Mark.

— J'ai besoin d'aller le voir mardi, d'être calme et serein et de lui dire d'arrêter ses conneries. J'ai besoin d'être fort et de ne pas céder devant lui, répondis-je. J'ai besoin de lui dire de retirer la tête de son cul et qu'il peut commencer à aimer son putain de chien.

Puis j'ajoutai, tout à coup :

— Puis, je lui dirai que je l'aime.

Mark se mit à rire.

— Oui, ça paraît très mature comme réaction, mais je pense qu'il y a autre chose dont tu as besoin.

Je ne voulais même pas savoir.

— Quoi donc ?

— Moi !

Je souris. Avoir Mark près de moi serait sûrement agréable, mais avec nos emplois et la distance entre nous, cela me paraissait peu probable.

— Merci pour l'offre.

— Je suis sérieux ! s'écria-t-il au téléphone. Je dois aller bosser demain car il y a une fichue réunion du personnel à laquelle je dois assister, mais je peux prendre le reste de la semaine et venir chez toi.

— Vraiment ?

— Oui, vraiment, dit-il. Les affaires sont plutôt calmes au travail en ce moment et le patron nous a dit la semaine dernière que nous devrions envisager de prendre quelques jours de vacances bientôt.

Je souris.

— Ça me paraît génial.

JE NE REÇUS aucun appel ni message d'Isaac le lundi et je n'essayai pas de l'appeler non plus. J'envisageai de téléphoner à Hannah le lundi soir, juste pour voir comment il allait, mais je ne le fis pas.

Mardi, le travail me tint occupé jusqu'après le déjeuner, lorsque Mark arriva. Je lui avais dit de venir à la clinique vétérinaire afin qu'il puisse passer chercher une clef de chez moi, vu que j'allais chez Isaac et que je rentrerais tard. Il s'arrangea pour rencontrer Rani, Kate à la réception et Luke, l'étudiant de troisième année. Il réussit même à ne pas harceler sexuellement chacun d'entre eux. Il se montra courtois et agréable, mais il m'adressa un sourire diabolique.

Je l'emmenai dans mon bureau pour avoir un peu d'intimité et pour que je puisse lui donner une clef.

— Oh, dit-il, déçu. Je pensais que tu allais m'emmener dans une salle d'examen pour me faire allonger sur une table et prendre ma température.

— Dis-moi pourquoi tu m'aurais manqué ? dis-je en souriant.

— Parce que je suis génial ! s'écria-t-il en rayonnant.

J'éclatai de rire, retirai une clef de mon trousseau et la lui tendis.

— Je te dirais bien « fais comme chez toi » mais je n'ai aucun doute, c'est ce que tu vas faire.

— Bien entendu, dit-il en souriant.

— Il y a du bois dans la cheminée et tu peux emmener Missy faire une promenade si tu veux.

— Mais il pleut, se plaignit-il. Et il fait froid !

— Ça ne dérange pas Missy.

Il plissa les yeux en me regardant.

— Ramèneras-tu une pizza à la maison ?

— Oui.

— Et de la bière ?

Je levai les yeux au ciel.

— Il y a déjà de la bière dans le frigo.

— Marché conclu, dit-il en souriant.

Il empocha la clef et posa une main sur mon bras.

— Tout se passera bien avec Isaac, ne stresse donc pas autant.

— Ouais, je sais.

— Tu dois juste te montrer fort. Souviens-toi de toutes ces conneries que tu veux lui débiter et dis-lui tout ce que tu as sur le cœur avant de le baiser, dit-il sérieusement. Et plus important encore, pour l'amour de Dieu, pas d'olives sur la pizza !

Je relevai les yeux vers lui.

— Merci, mec.

Il ouvrit la porte de mon bureau, prêt à sortir.

— Et, Carter ?

— Ouais ?

— Dis-lui salut de ma part.

— Je le ferai, dis-je en souriant.

— Bien.

Il s'engagea dans le couloir, lâchant en passant devant la réception :

— Maintenant retournez travailler, vous n'êtes pas payés pour rester là à discuter toute la journée.

Je souriais toujours lorsque Rani vint m'annoncer que mon prochain rendez-vous attendait. Elle me jeta un coup d'œil curieux.

— Votre visiteur était-il quelqu'un de spécial ? demanda-t-elle, essayant de paraître nonchalante. Je veux dire... Je le trouve mignon et tout, mais pas autant qu'Isaac Brannigan.

Je la regardai puis secouai la tête.

— Votre tentative pour en apprendre un peu plus sur lui manque de tact, Rani.

— Je suis juste curieuse, dit-elle en souriant.

— Non, répondis-je en souriant. Mon visiteur, comme vous l'appelez est mon meilleur ami, Mark. Il reste chez moi pour la semaine.

— Et Isaac ? demanda-t-elle, prétendant toujours ne pas être intéressée.

— Je le vois cet après-midi.

Je ne pris pas la peine de lui révéler qu'il allait peut-être rompre avec moi.

— Oh, le fait qu'Isaac vienne jusqu'ici bravant la pluie pour vous voir était la chose la plus romantique que j'ai jamais vue.

Je relevai les yeux. Oui, cela avait été un geste romantique. Il pouvait se montrer si doux. Mais il pouvait également se montrer incroyablement insensible et blessant. Et c'était pour cette raison que j'allais chez lui : afin de tout démêler.

COMME J'ARRIVAIS CHEZ ISAAC, je me demandai comment les choses allaient se passer, comment il allait réagir et ce qu'il avait décidé. Je ne savais pas s'il allait me dire qu'il pensait que les choses ne marcheraient pas entre nous ou s'il allait s'excuser. Ou les deux. C'était le problème avec Isaac, ce qu'il allait répondre était une énigme.

J'espérais qu'il allait me dire qu'il voulait que cela fonctionne, qu'il voulait que ça marche entre *nous*. J'avais hâte de le voir, il m'avait manqué. Mais garder un peu de distance serait une bonne chose. Cela l'aiderait à mettre ses pensées en ordre, à réfléchir à tout ça et espérons-le, à lui laisser le temps de repenser à ce que je lui avais dit.

La voiture d'Hannah était toujours garée devant la porte d'entrée et lorsqu'elle vint m'ouvrir et me laissa entrer, je pouvais voir que les choses étaient tendues entre eux.

— Dieu merci, vous voilà, dit-elle. Vous serez peut-être en mesure de lui faire entendre raison.

— Oh, pour l'amour de Dieu, Hannah ! cria Isaac depuis le salon. Je t'ai dit de ne pas lui parler de quoi que ce soit. Je n'ai toujours pas pris de décision à ce sujet, je te l'ai dit !

J'entrai, hésitant quant à la personne à qui je devais m'adresser.

— Euh... bonjour ?

— Ignore-la, me dit Isaac. Nous venons de discuter de quelque chose et elle n'est pas d'accord avec moi, ce qui n'a rien d'inhabituel.

Hannah gémit de frustration.

— Isaac, tu ne veux rien dire devant Carter parce que tu sais très bien qu'il sera d'accord avec moi.

— Hannah, je t'ai dit de laisser tomber ! répondit sèchement Isaac à sa sœur.

Puis il se tourna vers moi.

— Carter, s'il te plaît, entre et assieds-toi. Comment était le travail ?

— Euh... Je peux revenir...

— Non, Hannah était sur le point de partir, répondit-il en l'ignorant complètement.

Elle saisit son sac sur le comptoir. Elle était royalement énervée. Je ne l'avais jamais vue aussi en colère.

— Tu sais quoi, Isaac ? Et si je ne revenais pas de la

semaine ? Si tu es aussi foutrement indépendant que tu le prétends et que tu as la haute main sur tout, alors tu n'as plus besoin de moi *ni* de Brady. Ainsi tu pourras aller travailler tout seul et rentrer chez toi, faire ton putain de ménage parce que j'en ai assez.

Elle pointa un doigt vengeur vers son frère.

— Je vais le dire à Carter, parce que je sais parfaitement que tu ne le feras pas. Mais Isaac ici présent, dans toute son infinie putain de sagesse, veut se séparer de Brady.

Je clignai des yeux, essayant de faire en sorte que ce qu'Hannah venait de dire s'imprime dans mon cerveau. Je dévisageai Isaac.

— Tu... Quoi ?

— Ouais, vous avez bien entendu, dit-elle en répondant pour lui. De toutes les choses stupides, méchantes, de toutes les putains d'idioties qu'il a jamais pu sortir, celle-ci est la pire de toutes.

Elle se dirigea vers l'entrée au pas de charge.

— Tu penses que tu pourras gérer sans Brady et moi, Isaac ? Eh bien, bonne chance à l'épicerie, déjà ! cria-t-elle en claquant la porte derrière elle.

Isaac essaya de paraître composé mais je pouvais voir qu'il était blessé. Il resta silencieux pendant un bon moment.

— Désolé pour ça.

— Isaac, est-ce que tu vas bien ?

— Je vais bien, répondit-il rapidement. Nous avons droit à ce genre d'engueulade tous les deux mois. Elle va crier, je vais hurler, nous allons nous excuser tous les deux et nous serons à nouveau bien ensemble.

Je hochai la tête, pas vraiment convaincu.

— Qu'a-t-elle voulu dire ? Tu veux te séparer de Brady ?

Ses épaules s'affaissèrent et il soupira.

— J'ai dit que je n'avais encore rien décidé.

Je secouai la tête.

— Pourquoi envisages-tu même de le faire ?

Il fronça les sourcils.

— Pourrions-nous ne pas parler de ça, s'il te plaît ?

Il était visiblement contrarié par la dispute qu'il venait d'avoir avec Hannah, mais je ne pouvais pas laisser passer ça.

— Au contraire, Isaac, je pense que nous avons besoin d'en parler.

Sa mâchoire se crispa.

— Eh bien, pas moi.

Je pris une profonde inspiration, devant me souvenir de garder mon sang-froid pour que nous puissions discuter de nos problèmes calmement.

— Isaac, si nous sommes des amis – ou des partenaires – alors nous devons discuter de certaines choses, dis-je doucement.

Puis je songeai que je devrais peut-être commencer par le début.

— Est-ce ce que nous sommes, Isaac ? As-tu toujours envie d'être avec moi ?

— Oui, dit-il en un clin d'œil.

Il tendit la main, cherchant la mienne, donc je nouai mes doigts aux siens. Il sourit.

— Oui, c'est ce que je veux.

— C'est également ce que je veux, Isaac. Je veux être avec toi.

Il me serra la main.

— Cela ne signifie pas pour autant que nous serons toujours d'accord sur tout.

— Je ne m'attends pas à ce que nous soyons d'accord sur tout, répondis-je. En fait, j'aime discuter de n'importe quel sujet avec toi. Mais cela signifie que nous devons être ouverts et honnêtes l'un envers l'autre.

Il resta silencieux à nouveau puis soupira.

— Je suis désolé à propos de dimanche. Nous passions un si bon week-end et j'ai tout gâché. Je suis désolé.

— Isaac, dis-je doucement. Cela fait partie du problème. Tu t'enflammes très vite, tu changes d'humeur, tu dis quelque chose d'horrible, puis tu t'excuses et tu t'attends à ce que tout redevienne simplement comme avant.

Il hocha la tête, mais ne dit rien.

— Tu sais, la semaine dernière a été merveilleuse, dis-je en jouant avec ses doigts. Tu as été actif avec moi, tu m'as fait l'amour. Et c'était incroyable, alors que nous venions de passer la journée à faire de la randonnée dans le parc et que tout était si parfait. J'ai même pensé « mon Dieu, je pourrais passer tout mon temps avec toi » Je fais un commentaire à propos de Brady et te revoilà silencieux, refusant de me parler.

Je serrai sa main.

— C'est un constant chaud et froid avec toi, Isaac. Et franchement, c'est éreintant.

Il fronça les sourcils.

— Tu n'es pas parfait non plus, tu sais.

Je souris.

— Je le sais très bien.

— Tu ronfles.

— Vraiment ? dis-je en secouant la tête.

— Ouais.

Je secouai à nouveau la tête devant sa tentative puérile de me reprocher quelque chose.

— Je ne m'attends pas à ce que tu sois parfait, Isaac.

— Eh bien, tu as gagné là-dessus, grogna-t-il, sarcastique. Parce que je suis aveugle.

— Hey, ce n'est pas juste ! dis-je en lui serrant la main. Cela n'a jamais été un problème pour moi et tu le sais très bien.

Il hocha la tête et soupira.

— Ouais, je sais. Tu as toujours été super à propos de ma cécité.

— Cela fait juste partie de qui tu es, répondis-je. Ça ne te définit pas.

— Carter, ce n'est pas seulement avec la cécité que j'ai à lutter, murmura-t-il d'un ton calme, puis il fronça les sourcils. J'ai passé beaucoup d'années en thérapie, pour faire face aux... *trucs* liés à l'accident. La mort de ma mère, puis de mon père. Je sais que j'ai des problèmes avec... l'attachement. Peut-être que je devrais retourner voir mon psy. Je suis sûr qu'Hannah ne refuserait pas.

— Isaac, tu n'as pas besoin d'un traitement, tu as juste besoin de me parler, dis-je en prenant sa main dans les miennes. Et à Hannah. Tu as juste besoin d'exprimer ce qui te dérange et non pas te renfermer et tout garder à l'intérieur de toi. Parce que lorsque tu dis enfin quelque chose, cela part dans tous les sens.

Il hocha la tête.

— Je sais, murmura-t-il. Pourtant je ne veux pas que ça se passe comme ça.

— Je sais, bébé.

Je me penchai et embrassai sa tempe.

— S'il te plaît, parle-moi.

Puis, battant le fer tant qu'il était chaud, je revins sur le sujet de Brady.

— Isaac, que voulais-tu dire au sujet de te séparer de Brady ?

Il éloigna sa main des miennes et la posa sur son genou.

— Je n'ai rien décidé encore, commença-t-il tranquillement. Mais peut-être que c'est ce qu'il y a de mieux à faire. Si je dis à l'Association des Chiens Guides que nous ne sommes pas compatibles...

Mon cœur sombra.

— Isaac, non...

Il haussa les épaules.

— Tu as raison. Je ne suis pas juste envers lui.

Je m'assis afin de lui faire face et pris ses deux mains.

— Tu n'es pas juste envers toi-même non plus. S'il te plaît, ne prends pas de décision irréfléchie parce que tu es en colère après moi ou après Hannah.

— Ce n'est pas ça, répondit-il. Je pense que je n'étais pas prêt pour un autre chien.

— Si, tu l'étais, répondis-je catégoriquement. Isaac, je sais que tu l'aimes. Je sais que c'est vrai. Tu as juste besoin de te laisser aller et de le lui montrer. Vous formez une équipe formidable. Je l'ai très bien vu, là-bas sur les sentiers de randonnée. J'ai vu à quel point vous travailliez bien ensemble. Vous formez un parfait tandem.

Il haussa les épaules avec indifférence, mais ne dit rien.

— Est-ce ce pour quoi Hannah et toi vous vous disputiez ?

— Ouais, admit-il.

Puis il haussa les épaules.

— À la fin de la journée, ce ne sera pas ta décision, ni celle d'Hannah, ce sera la mienne.

— Alors, tu prendrais une mauvaise décision. Brady t'aime.

Il releva le menton, me défiant.

— Comme je l'ai dit, rien n'est décidé.

— Si tu as pu me laisser t'aimer, pourquoi ne pourrais-tu pas l'aimcr, lui ?

Isaac ne voulut pas répondre.

Je secouai la tête. Et voilà, nous étions de retour à l'entêtement irréfléchi d'Isaac. Je n'étais pas du tout certain d'avoir résolu quoi que ce soit.

— Isaac, soupirai-je. Je dois y aller. J'ai reçu la visite impromptue de Mark… Il est arrivé ce matin. Je lui ai dit que je ne resterais pas trop tard ici.

— Oh ! marmonna-t-il.

J'hésitais à le quitter.

— Ça va aller ?

— Carter, je vais bien, dit-il.

Que Dieu me pardonne si j'osais le traiter comme un incapable. Je fis courir mes mains dans ses cheveux.

— Es-tu sûr que ça va aller avec Hannah ? demandai-je. Comment vas-tu aller au travail demain ?

— Je l'appellerai plus tard. Je vais lui laisser le temps de se calmer, dit-il tranquillement. Si ce n'est pas suffisant, je peux toujours prendre le bus.

Je secouai la tête, reconnaissant pour une fois qu'il ne puisse pas voir à quel point j'étais frustré, furieux et déçu.

— Isaac, s'il te plaît, dis-moi que tu m'appelleras si tu as besoin de quelque chose.

Il hocha la tête.

— Je vais bien.

— Isaac…

— Je n'ai pas besoin d'une baby-sitter ! cracha-t-il.

Je soupirai.

— Tu vois ? Encore une fois, tu mords et tu t'en prends à moi. Cela doit cesser.

— Alors ne me traite pas comme un enfant.

— Alors n'agis pas comme tel.

Je me levai, mettant une certaine distance entre nous.

— Isaac, tu n'es pas un enfant et tu n'as pas besoin d'un ou d'une baby-sitter. Mais être aveugle veut dire que tu dois faire des concessions pour ta santé et ta sécurité, non pas parce que tu es incompétent. Il y a une différence. Je me sens concerné parce que je me soucie de toi.

Je m'agenouillai devant lui et pris ses mains.

— Isaac, je t'aime, mais je ne supporte plus tes sautes d'humeur perpétuelles. D'accord ? Je t'aime, Isaac, cela n'a pas changé. Mais je vais rentrer à la maison maintenant et je pense que ce serait une bonne idée que je ne revienne pas avant le week-end. Mais je veux te parler chaque soir au téléphone, d'accord ?

Il fronça les sourcils, en colère.

— Pourquoi ?

— Parce que je veux que nous apprenions à nous parler l'un à l'autre, à discuter de choses et d'autres, que nous ayons une bonne communication et se téléphoner est une bonne façon de commencer. De plus, je veux entendre ta voix parce que tu me manques quand on ne se parle pas tous les jours.

Il me fit un petit sourire.

— Bien.

Je me penchai et l'embrassai doucement.

— Maintenant, à propos de Brady... Peut-être que si Hannah ne te conduit pas au travail... Le fait de prendre le bus pour y aller te donnera une opportunité pour te rendre compte à quel point vous formez une bonne équipe vous deux. Peux-tu essayer ça pour moi ?

Il resta silencieux, puis il hocha la tête.

— Peut-être.

Je souris. « *Peut-être* ». Ce n'était certainement pas un « *oui* » mais avec Isaac « *peut-être* » était déjà un début. Je l'embrassai doucement.

— Je dois y aller. Mais, s'il te plaît, promets-moi de m'appeler si tu as besoin de quoi que ce soit.

— COMMENT CELA S'EST-IL passé avec Isaac ? demanda Mark depuis le canapé.

Il était allongé comme s'il était chez lui, caressant Missy, qui était étendue devant lui.

Je posai la pizza sur la table basse et me laissai tomber sur l'autre canapé en soupirant.

— Bien. Nous avons déterminé qu'il avait un caractère difficile, que je ronflais, que nous avions vraiment besoin de plus nous parler et que nous allions faire en sorte que cela marche.

— C'est bon, n'est-ce pas ? demanda-t-il. Alors pourquoi cette tête ?

Il me connaissait si bien.

— Il envisage de se séparer de Brady, affirmant qu'ils sont incompatibles.

Mark se redressa soudain et me dévisagea.

— Il veut faire *quoi* ?

Je rejetai la tête en arrière sur le canapé et soupirai.

— Il a juste besoin de réaliser que Brady est un bon chien. Qu'ils vont bien ensemble.

Mark fronça les sourcils.

— Combien de temps cela va-t-il lui prendre, à ton avis, pour qu'il le réalise ?

Je haussai les épaules.

— Je ne sais pas.

Malheureusement, deux jours plus tard, nous l'avons appris.

CHAPITRE QUATORZE

LE JOUR SUIVANT, au travail, tout se passa normalement. Je vis et soignai une variété infinie de chiens, chats, furets, oiseaux et hamsters. Mark passa la journée en ville, puis nous ramena un plat à emporter pour le dîner et nous avons ri et parlé, échangeant des bêtises pendant que nous mangions.

J'essayai d'appeler Isaac avant de sortir Missy, mais il n'y eut pas de réponse, donc j'essayai à nouveau en rentrant. Cela sonna dans le vide.

Je fronçai les sourcils en regardant le téléphone. Mark, qui râlait d'avoir dû promener un chien dans le putain d'hiver de Boston, arrêta ses jérémiades à propos de la météo.

— Que fait-il ? Il t'ignore à nouveau en restant silencieux pour l'instant ?

Je retirai mon manteau et soupirai.

— Je ne sais pas.

Mark secoua la tête.

— Je croyais que ces enfantillages étaient terminés.

— C'est ce que je pensais. Je me demande s'il va bien. Il

a dû prendre le bus, je pense. Peut-être que je devrais appeler Hannah.

Mark releva un sourcil.

— Je croyais que tu n'étais pas censé faire du baby-sitting avec lui.

Je soupirai de nouveau.

— Je sais.

— Essaie de le rappeler plus tard. Peut-être qu'il est sous la douche ou aux chiottes ou quelque chose comme ça.

— Ouais, peut-être, concédais-je, ne relevant pas sa manière de parler trop crue.

Il posa une main sur mon épaule.

— Va prendre une douche et essaie de le rappeler plus tard.

Il secoua la tête avec un sourire entendu.

— Si tu le traites comme un bébé un jour après qu'il t'ait dit de ne pas le faire, il va te botter le cul. Et pas d'une manière agréable.

Je me mis à rire, malgré moi. Et après être tombé sur sa messagerie une fois de plus, et bien qu'il soit tard, j'envoyai un texto à Hannah.

Avez-vous eu des nouvelles d'Isaac aujourd'hui ?

Je m'endormis alors que j'attendais une réponse.

JE VÉRIFIAI mon portable une nouvelle fois avant d'aller travailler. Toujours aucune réponse d'Isaac, pas plus que d'Hannah. Je commençai à me demander si c'était un trait de famille commun chez les Brannigan.

Je jetai mes clefs, mon porte-monnaie et mon téléphone dans le tiroir de mon bureau et commençai ma journée, comme d'habitude. Ce fut seulement plusieurs heures après, juste comme je me rendais vers la salle d'attente pour chercher mon patient suivant que Kate m'intercepta de la réception.

— Docteur Reece ? Appel téléphonique. C'est Hannah Brannigan. Elle dit que c'est important.

Je pris le combiné.

— Hannah ?

— Oui, oh, Dieu Merci, Carter, j'ai essayé de vous joindre sur votre portable. J'ai vu votre message, il y a une heure seulement, dit-elle à toute vitesse.

Sa voix paniquée provoqua des frissons glacés en moi.

— C'est Isaac.

— Qu'y a-t-il ?

— Je ne sais pas où il est.

— Vous, quoi ?

Elle commença à pleurer.

— Son travail m'a appelé ce matin, me demandant s'il allait bien. Il a téléphoné pour prévenir qu'il était malade hier. Mais il n'est pas allé travailler aujourd'hui non plus. Il n'a *jamais* raté un seul jour de travail, Carter. Alors ils m'ont appelé pour savoir comment il allait.

Elle prit une grande inspiration, pleine de sanglots à peine contenus.

— Je suis chez lui. Il n'est pas là et Brady non plus.

Je sentis mon cœur se serrer et un creux se former dans ma poitrine.

— Hannah, vous devez appeler la police. S'il a pris un bus, ils auront des photos. Vous devez leur dire…

Puis le téléphone commença à biper. Hannah retint son souffle.

— J'ai un appel entrant. Peut-être que c'est lui. Je vous rappelle tout de suite.

Et la ligne fut coupée.

Je regardai Kate, qui me dévisageait, ayant juste entendu ma partie de la conversation.

— Passez-moi le téléphone, dis-je. Je dois partir. Annulez tous mes rendez-vous.

Puis Mark répondit à mon appel.

— Mark, c'est moi. Écoute, Isaac a disparu...

Et à peine les mots étaient-ils sortis de ma bouche qu'un policier franchissait la porte, avec un chien couvert de boue, de saletés et de feuilles, portant un harnais pour aveugle. Il n'y avait pas moyen de se tromper.

Brady.

— Mark, je dois y aller, murmurai-je en rendant le téléphone à Kate.

Puis Rani fut à côté de moi.

— Très bien, amenez-le par ici, ordonna-t-elle à l'officier en ouvrant une salle d'examen.

— Vous connaissez ce chien ? demanda le policier.

— Bien sûr que nous connaissons ce chien, lui répondit Rani.

— Le propriétaire de cet animal a dit que vous le connaissiez.

Je retrouvai enfin la voix.

— Le propriétaire, l'homme à qui ce chien appartient, où est-il ? demandai-je. Est-ce qu'il va bien ?

— Le gars aveugle ? demanda le policier, posant Brady sur la table d'examen. Il va bien, je pense. Ils l'ont emmené au Carney Hospital. Il est tombé d'un talus à Wompatuck State Park et a passé la nuit là-bas. Les ambulanciers disent que ce petit gars là – il caressa Brady sur la tête – l'a gardé au chaud toute la nuit. Il lui a probablement sauvé la vie.

J'eus un petit hoquet de surprise lorsque Brady aboya.

Depuis six mois que je le voyais régulièrement, c'était la première fois que je l'entendais aboyer. Il se tenait là, tout couvert de poussière et de boue, remuant la queue comme s'il était content de me voir et il aboya de nouveau. C'était comme s'il essayait de me dire ce qu'il avait fait ou qu'Isaac était blessé.

— Je sais, mon pote, lui dis-je, en le serrant contre moi et en le caressant.

Je me retournai pour regarder les autres dans la pièce.

— Rani, j'ai besoin de mon téléphone, s'il vous plaît, demandai-je. Il est dans le tiroir de mon bureau.

Elle sortit de la salle et je commençai à examiner Brady. Sa gueule n'avait rien, sa langue et ses gencives étaient roses et saines, son museau était humide. Ses yeux et ses oreilles étaient bien également. Il avait l'air en bon état, pas de contusions, pas de blessures apparentes. Mais je voulais m'en assurer.

Rani revint avec mon téléphone et je composai le numéro d'Hannah. Je tombai directement sur la messagerie vocale.

« *Hannah, Isaac est au Carney Hospital. Brady est avec moi. Rappelez-moi* ».

— Vous connaissez ce chien ? me demanda à nouveau l'agent de police. Connaissez-vous assez bien le propriétaire pour avoir son numéro de portable dans votre téléphone ?

Je hochai la tête, toujours en examinant Brady.

— Isaac Brannigan, le gars aveugle comme vous l'avez appelé, est mon petit ami.

Rani claqua des doigts vers Kate, qui se tenait debout stupéfaite à la porte.

— Préparez les rayons X. Nous avons besoin de faires des radios complètes.

— Oh !

Le policier cligna des yeux de surprise.

Je le regardai.

— Est-il blessé ? A-t-il été poussé ou est-il tombé ? A-t-il dit ce qui s'était passé ?

L'officier secoua la tête.

— Il a dit qu'il était tombé. Il y avait des tas de panneaux qui indiquaient que les sentiers étaient fermés à cause de la pluie récente, mais il n'a pas pu les voir puisqu'il est aveugle.

Il haussa une épaule.

— Des randonneurs l'ont trouvé ce matin. Rien de cassé, pratiquement gelé jusqu'aux os, mais en dehors de ça, il a dit qu'il allait bien. Il était plus inquiet pour son chien que pour lui-même.

Mes yeux me brûlaient, mais je refusai de pleurer. Je devais prendre sur moi.

Le policier continua.

— Monsieur Brannigan nous a précisément dit de l'amener ici et a dit que vous sauriez quoi faire. Désolé, je ne peux pas vous en dire beaucoup plus. Et si vous êtes d'accord pour vous occuper du chien, je vais y aller.

Prenant une profonde inspiration, je regardai l'agent.

— Merci.

Rani posa sa main sur mon bras.

— Nous allons lui faire passer les radios, nous assurer que tout est bien là où ça devrait être, puis nous lui donnerons à manger. S'il a passé toute la journée et la nuit dehors, il doit être affamé. Puis, nous le nettoierons.

Je hochai la tête.

— Merci, Rani.

Mon assistante me sourit.

— C'est bon. Je peux m'occuper de Brady si vous voulez y aller.

Je hochai la tête.

— Je vais vérifier les résultats des radios, puis je partirai.

Si vous pouviez le nettoyer, vous assurer qu'il ait bien chaud et soit bien hydraté. Je reviendrai le chercher plus tard, il pourra venir à la maison avec moi.

J'étudiais les radios de Brady quand Kate amena Mark à la salle d'examen. Il ne lui laissa pas le temps d'expliquer.

— Putain, c'est quoi tout ce bordel, Carter ?

Je me retournai pour le regarder et il ne me laissa pas l'occasion de m'expliquer non plus.

— Tu m'appelles, tu me dis qu'Isaac a disparu et puis tu raccroches ? Je suis venu ici à la vitesse de la lumière !

Puis il remarqua le chien sur la table d'examen, inspecté par Rani et me regarda avec de grands yeux.

— Est-ce Brady ?

Il alla droit vers lui, pour caresser le chien tout boueux.

Je hochai la tête.

— Je voulais simplement vérifier ses radiographies. Tout va bien.

Mark regarda Brady, puis moi.

— Putain, où est Isaac ?

— Carney Hospital.

— Et bon sang, que fais-tu encore ici ?

— J'y vais tout de suite, mais je devais m'assurer que Brady allait bien. Si j'étais parti là-bas pour lui dire que je ne savais pas comment il allait ou que je l'avais laissé seul, il se serait énervé après moi, lui expliquai-je. De toute façon, ce n'est pas à dix minutes près. Je ne vais faire que rester assis dans une salle d'attendre de toute façon.

Dès que je le dis, je savais que c'était ridicule.

— Viens, je vais t'y conduire, dit Mark en secouant la tête. Tu sais, je te l'ai déjà dit, mais pour quelqu'un d'aussi intelligent que toi, tu es foutrement stupide !

Rani sourit puis me tapota le bras.

— Il va bien, il est juste un peu sale et a eu une rude

nuit. Je vais lui donner à manger et le nettoyer, le faire tout beau. Il sera prêt pour vous lorsque vous reviendrez le chercher.

Je lui adressai un sourire larmoyant.

— Merci.

Puis je caressai Brady et posai mon front sur le sien.

— Je vais lui dire que tu vas bien.

Mark saisit mon bras, m'éloignant.

— Très touchant, Docteur Doolittle, mais ramène ton cul dans la voiture.

J'AI TOUJOURS DÉTESTÉ les hôpitaux. Je veux dire... Personne n'aime les hôpitaux. J'appelai Hannah de la voiture et cette fois-ci elle répondit. Elle était déjà là-bas, m'annonça qu'ils venaient juste de le sortir des soins intensifs pour l'emmener dans une chambre, donc nous savions où aller lorsque nous serions là-bas.

L'odeur et ce putain d'ascenseur trop lent étaient suffisants pour que n'importe qui haïsse cet hôpital. Mais lorsque je tournai au coin du couloir en courant pratiquement à la chambre numéro onze, je n'avais jamais été aussi heureux d'être dans un hôpital de toute ma vie.

Hannah se leva pour me saluer. Elle avait pleuré, ses yeux étaient rouges et gonflés et quand elle me vit, elle recommença à pleurer. Je m'empressai de passer mes bras autour d'elle, mais je ne pouvais détourner mon regard de l'homme allongé dans ce lit. Il était couché sur le côté, face à nous.

— Isaac, dis-je doucement.

Il sourit un peu, mais il avait l'air fatigué, abattu.

— Hey !

Je libérai Hannah et touchai le visage d'Isaac.

— Tu m'as fait peur.

Il fronça les sourcils et le front et hocha la tête.

— Désolé.

— Hey, pas besoin d'être désolé, dis-je doucement. Je suis simplement heureux que tu ailles bien. Es-tu blessé quelque part ?

Il secoua la tête et prit ma main qui était sur son visage pour la tenir dans la sienne. Sa voix était calme.

— Non, j'ai juste mal partout. Le médecin dit que c'est dû au fait d'être resté au froid trop longtemps. Ils me gardent pour la nuit, juste pour surveiller la circulation dans mes mains et mes pieds.

Il fit une pause.

— Est-ce que Mark est ici ? demanda-t-il. J'ai cru entendre deux personnes marcher.

Je regardai mon ami, qui se tenait toujours à la porte et lui souris. Mark s'avança et se tint à côté de moi. S'il fut choqué de voir les yeux bleus, transparents comme du cristal d'Isaac, il ne dit rien.

— Ouais, je suis ici. Quelqu'un devait conduire ce tas de viande inutile ou il serait encore à tourner en rond à la clinique vétérinaire.

Cela me rappela son chien.

— Isaac, j'ai examiné Brady.

Ses yeux s'ouvrirent et son inquiétude se vit clairement sur son visage.

— Est-ce qu'il va bien ? J'ai demandé à ce qu'il te soit amené.

— Il va bien, le rassurai-je. Bébé, il va très bien. J'ai fait une radiographie complète et l'ai laissé avec Rani pour qu'elle le lave. J'irai le chercher ce soir et le ramènerai à la maison.

Isaac hocha la tête, reprit ma main dans la sienne et la tint avant de poser l'autre sur mon visage. Il ferma les yeux.

— Merci.

En le voyant comme ça, sans ses lunettes de soleil, avec sa cécité exposée, il paraissait si vulnérable. Il détestait que les gens le voient sans ses lunettes, il se sentait plus protégé lorsqu'il les portait. Je voulais le protéger. J'avais besoin d'être plus proche de lui, de le sentir contre moi, de savoir qu'il était en sécurité et, vu la manière dont il tenait ma main, je pouvais sentir qu'il en avait besoin, lui aussi.

Je m'assis sur le lit, glissai mon bras sous sa tête et enveloppai l'autre autour de sa taille.

— Et si on allait prendre un café ? offrit Mark à Hannah.

Il passa son bras autour d'elle et la guida vers la porte.

— Mark, elle est mariée, tu te souviens ? criai-je après eux.

— C'est bon, répondit-il.

Puis je l'entendis demander :

— Votre mari est-il mignon ?

Je ris de Mark et même Isaac sourit. Je frottai le bas de son dos et embrassai son front.

— Veux-tu me parler de ce qui s'est passé ?

Il resta silencieux pendant un moment, mais prit une profonde inspiration et me raconta. Tout.

— Je continuais de réfléchir à ce que tu m'avais dit, commença-t-il. Que je devais utiliser ce temps où Hannah n'était pas là pour voir si Brady et moi étions vraiment compatibles. Alors j'ai pensé au Wompatuck.

Il soupira.

— Nous y avions été récemment, donc je savais que Brady connaissait l'endroit et tu nous avais fait prendre le bus, donc j'ai présumé que c'était au profit de Brady ainsi que du mien.

Je souris et resserrai mes bras sur lui.

— Quoi qu'il en soit, poursuivit-il doucement. Nous sommes arrivés aux alentours de dix heures. Nous avons pris le sentier pavé en premier et tout s'est bien passé. Mais ensuite, j'ai décidé de voir si Brady était vraiment aussi bon que tu l'avais dit, donc nous avons emprunté le sentier le plus éloigné.

Il prit une profonde inspiration.

— Apparemment, il y avait des panneaux qui indiquaient que le parcours était fermé. Il y avait eu un glissement de terrain.

Je pris alors la parole.

— Je ne peux pas croire qu'ils n'aient pas de barrières ou de barricades, autre chose que de simples panneaux. Ce n'est pas professionnel de leur part et vraiment, quelqu'un doit être tenu pour responsable.

— Ouais, acquiesça Isaac tranquillement. Moi.

— Quoi ?

— J'ai été tellement stupide, admit-il. J'aurais dû le savoir, mais j'essayais de prouver mon point de vue. C'était dangereux et idiot.

Il secoua la tête, se lovant contre moi.

— Je savais que je devais revenir à l'arrêt de bus pour trois heures, avant qu'il ne fasse trop froid, donc j'ai sans doute marché plus vite que je ne l'aurais dû. Nous étions à mi-chemin et j'ai commencé à sentir le sol bouger. Brady a continué d'essayer de m'arrêter, mais...

Il se mit à pleurer.

— Il a continué d'essayer de m'arrêter, mais j'ai persisté à le pousser, en lui ordonnant d'avancer. Je l'ai obligé à me suivre. Nous sommes arrivés au point où il ne voulait plus faire un pas de plus et je me suis mis en colère contre lui. Je lui ai crié de continuer, mais il a refusé d'obéir. J'ai tiré sur son harnais et j'ai réussi à faire quelques pas, dit-il, alors que ses larmes trempaient ma chemise. J'ai glissé sur le long du sentier, près de douze mètres plus bas. C'était surtout de la boue et il faisait froid. J'ai perdu mon téléphone.

— Oh bébé, dis-je, essayant de ne pas pleurer moi-même.

— J'ai tendu l'oreille, essayant d'entendre si quelqu'un passait, j'ai écouté, espérant le passage de n'importe qui, mais personne n'est venu. Puis Brady m'a rejoint. Il est revenu pour moi. Il a essayé de m'aider, mais c'était trop glissant et trop raide. Je ne savais pas s'il y avait eu un autre glissement, donc je n'avais pas envie de bouger. J'avais tellement peur.

Il sanglotait à présent, s'agrippant à moi.

— Carter, j'ai eu tellement peur.

Je ne pus retenir mes larmes. Je ne pouvais même pas imaginer ce qu'il avait vécu. Cela devait être terrifiant pour un voyant, davantage encore pour un aveugle. Je le tins serré contre moi.

Isaac secoua la tête et continua de pleurer pendant qu'il parlait.

— Brady a refusé de me laisser. Il est resté tout le temps avec moi. Il s'est presque jeté sur moi pour me garder au chaud. Il faisait sacrément froid, mais il est resté avec moi.

Il renifla et prit une inspiration un peu tremblante.

— Tu avais raison et Hannah aussi. Vous aviez raison tous les deux. C'est un bon chien, c'est un si bon chien et je me suis montré vraiment horrible avec lui pendant tout ce temps.

J'embrassai son front et frottai ma main sur son dos.

— Brady sait que tu l'aimes.

Isaac secoua la tête et cria plus fort.

— Je ne peux pas croire que j'ai même envisagé de m'en débarrasser, juste parce que nous nous étions chamaillés à cause de lui. J'ai pensé que s'il était hors de l'équation, nous ne nous disputerions plus. Seigneur, comment ai-je pu me bercer d'illusions à ce point ?

Il ravala un nouveau sanglot.

— Je ne peux pas croire que je me sois montré aussi horrible avec lui et qu'il soit pourtant resté avec moi, en bas de ce talus boueux. Il me gardait au chaud. Seigneur, Carter, quel gâchis j'ai pu faire avec tout ça.

— Chut, bébé, murmurai-je doucement, frottant ma main sur son dos et dans ses cheveux. Tout va bien maintenant, tu es en sécurité et Brady va bien.

J'embrassai de nouveau son front.

— Dors un peu, bébé.

Je remontai la couverture sur lui et Isaac se blottit dans le creux de mes bras, reniflant et sanglotant doucement. Bientôt, sa respiration s'apaisa mais il continua de pleurer, même en dormant. Je ne voulais pas bouger pour ne pas risquer de le réveiller. Je voulais qu'il reste dans mes bras où il se sentait en sécurité et aimé, pour toujours.

— JE NE PEUX PAS CROIRE que tu fasses ça, marmonnai-je en secouant la tête.

— On va gagner du temps et éviter tout un tas de paperasserie, répondit Mark.

Il jeta un coup d'œil sur le parking de l'hôpital, mit ses lunettes de soleil et prit le harnais de Brady.

Le chien s'ébroua, comme s'il savait que c'était une mauvaise blague, mais tout comme moi, il ne put l'arrêter.

— Allez, dit Mark, tu veux voir ton homme, n'est-ce pas ?

— Eh bien, oui, répondis-je. Bien sûr que je le veux.

— Alors arrête de râler, plaisanta-t-il. Et fais comme si j'étais aveugle.

Je relevai les yeux.

— Être aveugle dans une discothèque le week-end ne compte pas.

Mark se mit à rire, mais entra tout de même dans l'hôpital, faisant semblant d'être aveugle. Et nous nous retrouvâmes officiellement en enfer.

Je voulais amener Brady à Isaac et Mark avait pensé... Eh bien, en fait, Mark réfléchissait rarement de toute façon.

Nous passâmes les portes d'entrée de l'hôpital et nous dirigeâmes vers un couloir. Mark hocha la tête en direction de deux infirmières, sourit à une vieille petite dame et avança jusqu'aux portes de l'ascenseur, tendit la main et appuya sur le bouton.

— Pour l'amour de Dieu, Mark ! sifflai-je. Si tu dois faire semblant d'être aveugle, cesse d'agir comme si tu pouvais voir.

— Oh !

— Et tu trouves que c'est moi qui suis stupide !

Les portes de l'ascenseur s'entrouvrirent, nous entrâmes et Mark se mit à rire.

— Tu sais, au lieu de prendre Missy pour trouver des chattes ou des bites, je devrais prendre Brady et mettre des lunettes de soleil. Mon Dieu, imagine tous les bons Samaritains que je pourrais ramasser.

Je soupirai.

— Tu vas aller en enfer.

Il se mit à rire à nouveau et lorsque les portes s'ouvrirent, il se dirigea droit vers la chambre d'Isaac.

Il était assis sur le lit, habillé de vêtements normaux, ayant l'air beaucoup plus lumineux.

— Hey, dis-je avant de me pencher pour l'embrasser. Bonjour, nous avons amené quelqu'un qui était très impatient de te voir.

— J'ai cru entendre des griffes cliqueter sur le linoléum.

Donc, brisant pratiquement tous les codes de santé publique que l'hôpital avait, je pris Brady dans mes bras et le posai sur le lit. Peu rassuré de se retrouver aussi haut, ou sur un lit, Brady se mit sur le ventre et rampa jusqu'à Isaac, qui jeta ses bras autour de lui. Il le serra et la queue de Brady se mit à battre follement, également heureux de revoir son maître.

— Oh, Brady ! déclara Isaac. Tu es un si bon chien.

Je ne savais pas qui souriait le plus largement : Isaac ou Brady. Ou moi.

— Hannah a préparé un super déjeuner pour ton retour à la maison, dis-je. Nous ferions mieux de te sortir de là, non ?

Isaac sourit et donna un autre câlin à Brady. Il ébouriffa la fourrure sur la tête du chien.

— Tu es prêt à rentrer à la maison, mon beau ?

Brady lécha son visage, faisant reculer Isaac sous l'effet du choc. Je me mis à rire.

— Je suppose que ça veut dire oui.

<hr>

SIX SEMAINES PLUS TARD

NOUS ENTENDÎMES une voiture s'arrêter devant la maison d'Isaac et il sourit. Le son lui était familier, alors même que les pneus crissaient sur la neige.

— Voilà Max.

Je me levai et regardai à travers la fenêtre. Il avait raison.

Après sa mésaventure sur le sentier de randonnée, Isaac avait téléphoné au Docteur Fields pour la première fois depuis son départ à la retraite. Ils avaient parlé à quelques reprises au téléphone depuis et c'était la deuxième fois que le vieil homme venait lui rendre visite.

La première visite avait eu lieu peu de temps après l'accident. Isaac avait reçu l'ordre de rester à la maison après être sorti de l'hôpital. Il avait pensé que ce n'était pas nécessaire, bien entendu, avait même discuté avec le médecin, mais il avait fini par céder. Il avait passé ce temps à se reposer, à lire et à préparer ses cours. Mais il avait aussi utilisé ce temps pour faire des choses amusantes avec Hannah : ils étaient allés dans un café, au cinéma et ils avaient rempli le congélateur avec plein de nourriture. Cela avait été bon de les voir agir à nouveau comme frère et sœur, amis mêmes, et non plus en tant qu'aveugle et son accompagnatrice.

Mais le Docteur Fields était également passé. Isaac l'avait appelé et s'était excusé de ne pas avoir repris contact plus tôt.

Il lui avait expliqué ce qui s'était passé dans le parc et le Docteur Fields avait été si inquiet qu'il était venu lui rendre visite l'après-midi même.

Il avait été contrarié, m'avait dit Isaac par la suite.

— Mais loin d'être aussi choqué que lorsque je lui ai dit que nous sortions ensemble.

Je ne savais pas s'il fallait rire ou me cogner la tête sur la table. Mais ce qui était fait était fait et après un silence stupéfait, le vieil homme avait relativement bien pris la nouvelle apparemment. Aussi bien qu'il le pouvait, tout compte fait.

Isaac lui avait simplement dit, de sa manière très terre-à-terre qui lui était propre, que j'étais très probablement la meilleure chose qui lui soit jamais arrivée. Il avait ajouté de ne pas lui en vouloir, mais que le fait que le Docteur Fields ait pris sa retraite s'était avéré être une bénédiction déguisée. Le vieux vétérinaire avait éclaté de rire m'avait dit Isaac. À la fin de l'après-midi, les choses entre eux étaient revenues à la façon dont elles avaient toujours été.

Isaac accueillit le Docteur Fields à la porte.

— Entrez.

Le vieil homme entra avec une grande boîte carrée entre les mains. Ça avait l'air lourd. Je m'avançai rapidement vers lui et pris la boîte recouverte de papier brun.

— Là, permettez-moi de prendre soin de cela pour vous.

Il me sourit.

— Merci, Carter. Cette fichue boîte pèse plus lourd qu'un bloc de béton, ou comme nous l'appelons plus communément chez nous : le gâteau aux fruits de ma femme.

J'éclatai de rire, mais déposai la lourde boîte sur le comptoir de la cuisine. Elle était effectivement aussi lourde qu'un bloc de béton.

— Helen a insisté pour que j'en apporte un peu, poursuivit-il. J'espère que cela ne vous dérange pas.

— Pas du tout, répondit Isaac. Merci.

Il s'assit sur le canapé.

— Alors, Max... Comment avez-vous occupé vos vacances ?

Le Docteur Fields s'assit sur le canapé en gémissant.

— Eh bien, nos petits-enfants étaient présents, ils ont fait du bruit, ont retourné la maison et fait plus de bruit encore, dit-il en souriant. Mais c'était très agréable. Et vous ? Comment était votre Noël ?

— C'était génial, répondit Isaac. Nous avons eu de bonnes nouvelles. Hannah et Carlos attendent leur premier enfant pour juillet. Je vais être oncle.

Le Docteur Fields sourit.

— Oh, c'est merveilleux ! Transmettez-lui mes félicitations !

— Je le ferai, répondit Isaac. En dehors de cela, nous sommes restés ici, Carter et moi avec Hannah et Carlos. Déjeuner et dîner en famille. C'était vraiment très agréable.

Et ça l'avait été. C'était calme, nous avions échangé de petits cadeaux, mangé beaucoup trop de nourriture, pourris gâtés les chiens et mangé un peu plus.

Le Docteur Fields tourna alors son attention vers moi.

— Comment allez-vous, Carter ? Comment marche la boutique ?

Je souris.

— Je vais très bien, merci. Et le travail me tient largement occupé, comme vous le savez sans doute, mais ça marche bien. Vous devriez vraiment passer de temps en temps. Je suis sûr que le personnel serait ravi de vous revoir.

— Oh, je ne veux pas m'imposer ! dit-il avec un sourire.

— Ce ne sera absolument pas le cas, lui dis-je. Madame Yeo demande toujours de vos nouvelles.

— Oh, cette chère vieille petite dame, dit-il avec émotion. Comment va-t-elle ? Et Monsieur Whiskers ?

— Monsieur Whiskers est décédé, déclara doucement Isaac. Il y a trois mois environ.

— Oh, non ! s'exclama le Docteur Fields en fronçant les sourcils.

— Désolé, je ne vous ai pas appelé, dis-je. J'aurais dû vous le faire savoir.

— C'est bon, répondit le vieil homme. Cela a dû être très triste pour elle.

— Oui, c'était très triste, acquiesçai-je. Mais je continue d'aller la voir chaque deuxième jeudi du mois. Vous savez, elle n'a pas de famille proche et elle a quatre-vingt-douze ans. Et juste avant Noël, Isaac a pensé que ce serait une bonne idée si nous lui trouvions un autre compagnon. Donc, il y a trois semaines, nous lui en avons apporté un.

Le Docteur Fields regarda Isaac, manifestement surpris et un lent sourire apparut sur son visage.

— Vraiment ? Un autre chat ?

Je hochai la tête.

— Oui, nous avons trouvé un chat tigré de cinq ans qui a été sauvé et qui apparemment, a des difficultés à s'entendre avec les enfants et nous avons pensé que, étant donné que Madame Yeo ne les aime pas non plus, ça leur ferait un point commun.

Le Docteur Fields sourit.

— Et comment cela s'est-il passé ?

— Eh bien, dis-je. Elle a pleuré, bien sûr, mais lorsque nous sommes partis, Tiddles était endormi sur la chaise devant le feu et Madame Yeo faisait déjà des plans pour cuisiner un peu plus de poisson pour Noël.

Le Docteur Fields me regarda, puis Isaac et il sourit.

— Donc, c'est la Saint-Sylvestre, dit-il. Avez-vous fait des plans sauvages et complètement fous ?

Isaac s'esclaffa.

— Pas du tout. Carter m'emmène quelque part, mais il ne veut pas me dire où exactement.

Je souris.

— Que diriez-vous d'un peu de café ?

Je me levai et me dirigeai vers la cuisine, réussissant à éviter le sujet.

Isaac gémit de frustration. Il n'avait cessé de me harceler de toute la journée à propos de l'endroit où je l'emmenais, mais ils commencèrent rapidement à bavarder d'autre chose pendant que je préparais le café dans la cuisine. Je me battis avec la machine à café, ouvris la porte aux chiens pour qu'ils rentrent et lorsque je revins, les deux bêtes entrèrent dans le salon où Isaac et le Docteur Fields étaient assis.

Les deux hommes accueillirent les chiens et je pus voir que le Docteur Fields regardait Isaac le voyant caresser et parler à Brady. Il se tourna vers moi, les sourcils relevés en souriant alors que je lui adressais un signe de tête.

— Sucre, crème ? demandai-je.

— Rien du tout, répondit le vieil homme. Noir, c'est parfait.

— Voulez-vous que je vous coupe une part de gâteau aux fruits ? demandai-je au Docteur Fields.

— Mon Dieu, non ! répondit-il en se frottant le ventre. Utilisez-le comme buttoir de porte ou autre chose !

J'éclatai de rire et je remplis les trois tasses de café fumant, alors que le téléphone d'Isaac sonna dans sa poche. La voix de synthèse déclara que l'appelant était Marianna, sa patronne.

— Excusez-moi, déclara Isaac. Je vais juste répondre à cet appel dans une autre pièce.

Nous le regardâmes s'éloigner et je pus entendre le début de la conversation. Elle avait sans doute téléphoné pour lui souhaiter une bonne et heureuse année car Isaac retourna rapidement les vœux.

Le Docteur Fields se racla la gorge puis me regarda.

— Eh bien, Carter... Je dois dire que j'ai été choqué lorsqu'il m'a dit que vous étiez... impliqués de manière romantique.

Il but une longue gorgée de son café et je me demandai un instant comment cette conversation allait évoluer.

— Ce que vous faites dans votre vie privée ne regarde personne, mais je dois vous dire quelque chose.

Il jeta un rapide coup d'œil vers la porte qu'Isaac venait de franchir.

— La différence entre l'homme qu'il était il y a six mois et celui qu'il est aujourd'hui est aussi flagrante qu'entre le jour et la nuit. Je le connais depuis de nombreuses années et je ne l'ai pas vu aussi heureux depuis bien longtemps.

Il me sourit.

— Voire même jamais.

Je lui rendis son sourire.

— Il avance vraiment à pas de géant. Il a encore de temps en temps des réparties sarcastiques, mais il apprend à faire face à son ressentiment et à sa colère.

— Merci à vous, déclara le Docteur Fields.

Je secouai la tête.

— Non, c'est grâce à Brady. Vous devriez voir comment ils sont lorsqu'ils travaillent ensemble maintenant.

Le vieil homme sourit alors qu'Isaac revenait.

— Désolé pour le dérangement, dit-il en se rasseyant. Carter, Marianna te souhaite une bonne année.

Je souris et lui tendis son café. Nous bavardâmes un peu plus tandis que les chiens dormaient sur le tapis et, lorsque le Docteur Fields nous dit au revoir, il promit de passer à la clinique vétérinaire pour dire bonjour.

Isaac raccompagna le Docteur Fields à la porte tandis que j'emportais les tasses et les déposais dans l'évier. Lorsqu'il revint, Isaac tendit la main et glissa ses bras autour de moi, enfouissant son nez dans mon cou.

— Mon Dieu, j'adore ton odeur.

Je me mis à rire.

— Tu essaies de m'amadouer pour que je te dise où je t'emmène ?

Je pouvais le sentir sourire contre mon cou.

— Non.

— Menteur.

Il eut un petit rire.

— S'il te plaît ?

Je soupirai, puis cédai.

— D'accord. Nous allons faire du patin à glace.

Il se figea puis sa bouche s'ouvrit.

— Non, je n'y vais pas.

— Si tu y vas.

— Hmm-hmm, dit-il en secouant la tête. Carter, je ne peux pas faire ça.

— Oh, si, tu le peux, dis-je en passant mes bras autour de sa taille. Nous irons faire du patin à glace et ce sera amusant et romantique, puis nous reviendrons ici, nous réchauffer, dîner, danser et faire l'amour jusqu'à minuit.

J'ajoutai tout bas à son oreille :

— Je te veux en moi lorsque l'horloge sonnera les douze coups de minuit.

Il frissonna de la tête aux pieds et gémit. Il resta silencieux pendant un moment.

— Que faire si je tombe ?

Je l'attirai contre moi.

— Je ne te laisserai jamais tomber. Je te retiendrai.

— Tu ne vas pas me laisser tomber ?

— Jamais, murmurai-je en secouant la tête.

FIN

À PROPOS DE L'AUTEUR

N.R. Walker est une mère australienne de deux enfants.
Elle a de beaux très beaux garçons qui vivent dans sa tête,
qui ne veulent pas la laisser dormir la
nuit à moins qu'elle ne leur donne vie avec des mots.

Elle aime ça lorsqu'ils font de vilaines, vilaines choses...
mais aime encore plus lorsqu'ils tombent amoureux.

Elle avait l'habitude de penser qu'avoir des gens qui lui
parlaient dans sa tête était étrange, jusqu'à ce qu'un jour
elle apprenne par d'autres auteurs
que c'était parfaitement normal.

Elle écrit depuis...

ALSO BY N.R. WALKER

Blind Faith

Through These Eyes (Blind Faith #2)

Blindside: Mark's Story (Blind Faith #3)

Ten in the Bin

Gay Sex Club Stories 1

Gay Sex Club Stories 2

Point of No Return – Turning Point #1

Breaking Point – Turning Point #2

Starting Point – Turning Point #3

Element of Retrofit – Thomas Elkin Series #1

Clarity of Lines – Thomas Elkin Series #2

Sense of Place – Thomas Elkin Series #3

Taxes and TARDIS

Three's Company

Red Dirt Heart

Red Dirt Heart 2

Red Dirt Heart 3

Red Dirt Heart 4

Red Dirt Christmas

Cronin's Key

Cronin's Key II

Cronin's Key III

Cronin's Key IV - Kennard's Story

Exchange of Hearts

The Spencer Cohen Series, Book One

The Spencer Cohen Series, Book Two

The Spencer Cohen Series, Book Three

The Spencer Cohen Series, Yanni's Story

Blood & Milk

The Weight Of It All

A Very Henry Christmas (The Weight of It All 1.5)

Perfect Catch

Switched

Imago

Imagines

Imagoes

Red Dirt Heart Imago

On Davis Row

Finders Keepers

Evolved

Galaxies and Oceans

Private Charter

Nova Praetorian

A Soldier's Wish

Upside Down

The Hate You Drink

Sir

Tallowwood

Reindeer Games

The Dichotomy of Angels

Throwing Hearts

Pieces of You - Missing Pieces #1

Pieces of Me - Missing Pieces #2

Pieces of Us - Missing Pieces #3

Lacuna

Tic-Tac-Mistletoe

Bossy

Code Red

Dearest Milton James

Dearest Malachi Keogh

Christmas Wish List

Titles in Audio:

Cronin's Key

Cronin's Key II

Cronin's Key III

Red Dirt Heart

Red Dirt Heart 2

Red Dirt Heart 3

Red Dirt Heart 4

The Weight Of It All

Switched

Point of No Return

Breaking Point

Starting Point

Spencer Cohen Book One

Spencer Cohen Book Two

Spencer Cohen Book Three

Yanni's Story

On Davis Row

Evolved

Elements of Retrofit

Clarity of Lines

Sense of Place

Blind Faith

Through These Eyes

Blindside

Finders Keepers

Galaxies and Oceans

Nova Praetorian

Upside Down

Sir

Tallowwood

Imago

Throwing Hearts

Sixty Five Hours

Taxes and TARDIS

The Dichotomy of Angels

The Hate You Drink

Pieces of You

Pieces of Me

Pieces of Us

Tic-Tac-Mistletoe

Lacuna

Bossy

Code Red

Learning to Feel

Dearest Milton James

Free Reads:

Sixty Five Hours

Learning to Feel

His Grandfather's Watch (And The Story of Billy and Hale)

The Twelfth of Never (Blind Faith 3.5)

Twelve Days of Christmas (Sixty Five Hours Christmas)

Best of Both Worlds

Translated Titles:

Italian

Fiducia Cieca (Blind Faith)

Attraverso Questi Occhi (Through These Eyes)

Preso alla Sprovvista (Blindside)

Il giorno del Mai (Blind Faith 3.5)

Cuore di Terra Rossa Serie (Red Dirt Heart Series)

Natale di terra rossa (Red dirt Christmas)

Intervento di Retrofit (Elements of Retrofit)

A Chiare Linee (Clarity of Lines)

Senso D'appartenenza (Sense of Place)

Spencer Cohen Serie (including Yanni's Story)

Punto di non Ritorno (Point of No Return)

Punto di Rottura (Breaking Point)

Punto di Partenza (Starting Point)

Imago (Imago)

Il desiderio di un soldato (A Soldier's Wish)

Scambiato (Switched)

Galassie e Oceani (Galaxies and Oceans)

French

Confiance Aveugle (Blind Faith)

A travers ces yeux: Confiance Aveugle 2 (Through These Eyes)

Aveugle: Confiance Aveugle 3 (Blindside)

À Jamais (Blind Faith 3.5)

Cronin's Key Series

Au Coeur de Sutton Station (Red Dirt Heart)

Partir ou rester (Red Dirt Heart 2)

Faire Face (Red Dirt Heart 3)

Trouver sa Place (Red Dirt Heart 4)

Le Poids de Sentiments (The Weight of It All)

Un Noël à la sauce Henry (A Very Henry Christmas)

Une vie à Refaire (Switched)

Evolution (Evolved)

Galaxies & Océans

Qui trouve, garde (Finders Keepers)

German

Flammende Erde (Red Dirt Heart)

Lodernde Erde (Red Dirt Heart 2)

Sengende Erde (Red Dirt Heart 3)

Ungezähmte Erde (Red Dirt Heart 4)

Vier Pfoten und ein bisschen Zufall (Finders Keepers)

Ein Kleines bisschen Versuchung (The Weight of It All)

Ein Kleines Bisschen Fur Immer (A Very Henry Christmas)

Weil Leibe uns immer Bliebt (Switched)

Drei Herzen eine Leibe (Three's Company)

Über uns die Sterne, zwischen uns die Liebe (Galaxies and Oceans)

Unnahbares Herz (Blind Faith 1)

Sehendes Herz (Blind Faith 2)

Hoffnungsvolles Herz (Blind Faith 3)

Verträumtes Herz (Blind Faith 3.5)

Thai

Sixty Five Hours (Thai translation)

Finders Keepers (Thai translation)

Spanish

Sesenta y Cinco Horas (Sixty Five Hours)

Código Rojo (Code Red)

Queridísimo Milton James

Queridísimo Malachi Keogh

Chinese

Blind Faith